2022年
中国新诗
排行榜

谭五昌◎主编

中国文史出版社

《2022 年中国新诗排行榜》编委会

主　编：谭五昌

副主编：远　岸　朱　涛　安娟英

编　委（排名不分先后）：

吉狄马加	叶延滨	曾凡华	黄亚洲	潞　潞
梁　平	张清华	陆　健	李少君	树　才
侯　马	尚仲敏	龚学敏	高　兴	潇　潇
周庆荣	车延高	潘洗尘	梁晓明	阎　安
汪剑钊	陈新文	梅　尔	阎　志	庄伟杰
梁尔源	祁　人	李　云	荒　林	杨佴旻
刘以林	彭惊宇	师力斌	鲁若迪基	石　厉
雁　西	姜念光	刘　川	唐　晴	冰　峰
李　强	唐成茂	田　禾	罗　晖	王霆章
齐冬平	唐　诗	冯景亭	顾　北	周占林
南　鸥	陈欣永	姚　风（澳门）	田　原（日本）	

2022 年中国新诗之一瞥

谭五昌

2022 年度的中国新诗创作同往年一样,本年度的诗歌创作依然呈现出多元化的审美格局,展示出诗人们思想艺术创造的可贵活力。下面,试从创作主题的宏观性角度,对 2022 年度的中国新诗创作予以精要的概括与阐述。

主题之一:讴歌时代进步与社会巨变

在当下的多元化诗歌写作格局中,有一批诗人在创作方法上始终秉持现实主义,在思想情感立场上坚持爱国主义与民族主义,他们诗歌中的叙事呈现宏大叙事的典型特质,他们诗歌中的抒情也展示出集体抒情的特点。总之,这批诗人以热情的姿态关注现实,肯定现实,并且以讴歌时代与社会巨变为最终旨归,鲜明地凸显赞颂的主题意向。

作为当下诗坛"主旋律写作"的重要代表诗人之一,黄亚洲在 2022 年度为我们带来了一首《中国首金:短道速滑》,这首诗直接取材于 2022 年北京冬奥会中国短道速滑队在决赛中勇夺冠军、为中国体育代表队摘得首枚金牌的新闻事件。诗人以敏锐的政治觉悟与饱满的爱国热情,抓住中国短道速滑队运动员"范可新、曲春雨、任子威、武大靖"在夺冠后接受记者采访时"都哽咽了""泪光盈盈"的感人场景,结合中国电视观众的"沸腾"情绪反应,对采访场面予以了真实而生动地描述,对于那些为了"祖国的荣誉"而不惜付出"四年

1

的汗水"的中国运动员，诗人表达了由衷的赞美之情。作品语言朴实，语调庄重，叙述流畅，细节捕捉细腻、传神，令人如临其境。爱国主义是该诗的思想主旋律，足以唤起中国广大民众的强烈情感共鸣。

与一些诗人关注英雄人物、赞美英雄人物的表现内容迥然有别，另外一些诗人则将其关注的目光聚焦当下中国社会的快速发展方面。例如，谢克强的《磁悬浮列车》以自己一次乘坐高铁的经历为表现题材，重点书写了诗人"借光的速度与悬浮的节律""赶赴一场诗的约会"兴奋、激动的乘车体验，这种乘坐快车的新奇体验具有鲜明的时代色彩，彰显中国社会在新时代的飞速发展，简言之，这列具有"光速"的"磁悬浮列车"正是日新月异、蓬勃发展的当下中国社会的象征与缩影。诗作画面感强，想象丰富，语言节奏轻快，如同行云流水，读来韵味无穷。与谢克强的《磁悬浮列车》题材、立意相类似，彭志强的《铁路港》以"蓉欧快铁"为观照对象，诗人对于成都开通直通欧洲的高速列车充满自豪之情，诗人采用了"绿色""春风"的暗喻性意象，同时采用了李白书写《蜀道难》的对比手法，来讴歌当下四川以及中国社会发生的历史巨变与欣欣向荣的发展前景，作品意象画面鲜明多彩，联想丰富，自由穿梭，营造出了广阔的诗性空间。来自大瑶山的唐德亮在当下社会主义新农村建设如火如荼的背景下，用心创作了《茶联村》一诗，该诗以质朴、清新的语言与自然、亮丽的意象，呈现了新瑶寨茶联村的崭新时代风貌，"新观念催生新瑶寨""新名片刷亮新瑶山"等诗句是该诗的诗眼，有力彰显诗人对同胞瑶寨人民新时代美好生活的讴歌赞美之情。具有"知青身份"的布日古德则用心推出了其诗作《大兴岛》，诗人以直抒胸臆的手法叙述了曾经贫穷荒凉的大兴岛，在新时代的感召下"一步步走向现代化"，并且"已经坐上复兴号"，"与五十六个民族在一带一路上／携手并肩的砥砺前行"，用主旋律写作的典型笔法讴歌今日大兴岛的繁荣面貌。齐冬平的《距离》则以当下中国工业建设日新月异的发展面貌为表现题材，诗人以自己工作的宝钢为书写对象，诗作运用清新、空灵的语言与鲜明、优美的意象，生动描绘了宝钢工业生产的火热场景，展现出新时代中国工业建设的喜人成就。

与前面的诗人针对祖国某一领域的飞速进步来表达其赞颂之情不同，一些诗人则直接将祖国山川河流的崭新景象与风貌作为其审美观照与讴歌赞美的对象。例如，张映姝的《肖夹克》以和田河、阿克苏河、叶尔羌河的"三江汇流之地"肖夹克为观照对象，诗作语言简洁、生动，节奏快捷、有力，风格雄壮、豪迈，酣畅淋漓地表达了诗人对祖国山川河流伟岸形象与磅礴气势的热烈赞颂之情。徐明的《心有阳光》在诗作开端坦白诗人自己"对一束阳光的景仰"为其创作动机，随后便发出感叹："山河大地天空／此刻是最好的舞台"，鲜明表达出诗人赞美祖国大好河山的主题意向，作品语言质朴、清新而灵动，引人回味。

吴捍东的《喜欢听》则以直抒胸臆的手法，用排比的句式与真诚的语调，描述了诗人对新时代的崭新景象与人物的见闻与感受，表达了诗人对"这个东方文明筑就的伟大国家"的深情祝福与美好祈祷。

还有一些诗人，在对于国家记忆的诗性叙述中鲜明地展示其爱国主义的写作立场，例如萨仁图娅的《国家的孩子》以二十世纪六七十年代国家安排一大批父母无力照顾的孩子到内蒙古、接受草原人民抚养的历史事件为题材，诗人对草原人民为国家做出的无私贡献予以由衷赞美。诗作采用了大量的具有草原特色的意象与比喻，语言表达充满浓厚的内蒙古民族文化气息，读来别具韵味。也有一些诗人，有意无意回避正面表达对时代、现实的关注与肯定态度，而采取比较迂回、曲折的方式来表达自己的爱国主义情感与人文主义精神。例如，祁人的《公祭日》以近年中国政府设置的纪念南京大屠杀死难同胞的公祭日为表现题材，诗人用质朴的语言与坦诚的态度，声明"牢记这个日子／但不是记住仇恨"，"勿忘国耻"，"唤醒中国人|沉睡在身体里／那奋发图强的意志"，彰显诗人宽广博大的胸怀与强烈的民族自尊心，令人警醒，催人振作。

主题之二：底层关注

进入 21 世纪以来，中国社会的日趋繁荣、长足进步与飞速发展是不争的事实，值得诗人们为之讴歌与赞美，但是，时代进步与社会巨变的背后，是无数底层人物在默默奉献与付出。许多具有平民意识与现实关怀精神的诗人，将其关注的目光投射在中国社会最底层的人物身上，他们的诗歌书写展示了底层生活的沉重感。

作为 21 世纪以来"底层写作"最受瞩目的诗人之一，田禾在 2022 年为读者带来了底层人物诗篇《王太发》，这首诗用高度纪实的手法描述了挖煤工王太发上班之前待在自家院子里的所见所闻所感，诗人在诗中如此真实地叙述王太发的无奈处境与复杂心态:"他感觉自己被死亡抓住,/迟早要死于这挖煤的职业。""但他要养家,每天只能挖煤,/去接受每天可能的死亡。"诗人运用客观、冷静的语调,讲述了社会底层人物王太发的残酷命运,于不动声色中透露出诗人对底层人物的深刻同情。诗作语言朴素、简洁、有力,意象自然而妥帖,含蕴丰富,展示出诗人扎实的艺术功力。张绍民的《高楼擦玻璃工》将目光聚焦城市底层工人身上,诗作用极为简短的篇幅描写了工人在高楼上擦玻璃的劳动场景,作品画面感强,形象鲜明,比喻恰切、生动,读后让人对擦玻璃工的辛苦状态与危险境遇揪心不已。与张绍民的《高楼擦玻璃工》相类似,谭杰的《生长的建筑》将关注的对象投射在城市建筑工人身上,诗作描述了建筑工人捆绑钢筋往上运送的作业场面,诗人运用自然、恰切的联想与比喻,将建筑工人的辛苦不易与内心脆弱、缺乏安全感的精神状态表达得非常深刻与到位(诗中出现了"他仿佛回到了母体"这样具有恋母情结的意象),令人无限感慨。孙大顺的《搬运工》与刘春潮的《再写红旗糖厂》分别以一位普通国企的搬运工和一家倒闭糖厂的看守老头为主人公,两首诗作均采用小说的笔法叙述两位底层人物的悲情人生遭遇,日常化的口语,浓郁的生活气息,真实的细节描写,是这两首诗作共同的艺术特征,对底层人物悲天悯人的人文情怀也是这两位诗人相同的精神姿态。

作为日常生活写作的重要代表诗人之一,侯马这次为我们带来了《雨神》,诗作以日常口语、白描手法与幽默语调,形神兼备地勾勒了一位"走钢丝的人"的艺术形象,这位"走钢丝的人"在诗中的"无名"状态,恰恰就是社会底层人群的缩影与象征。此外,张端端的《普工》、顾北的《地铁女孩》、高自刚的《城市里的树》、李丽红的《谢菊花》、罗晖的《背影》、李晓光的《一粒沙》等诗人的诗作,也把思想艺术关注的触角与目光投射在社会普通民众与底层人物身上,诗人们对底层人物命运的关怀精神值得肯定,同时他们的文本在语言审美风格上也各具个性,值得一读。

还有一批诗人也自觉关注底层人物,但他们在创作时关注的不是某一个特定人物,而是选择某一类底层群体作为他们的关注对象,这在一定程度上展示出这些诗人底层关注的视野开阔度。在这方面,来自甘肃的诗人高凯与来自新疆的诗人绿野颇具典型性。2022年,高凯为我们带来了一首底层写作诗篇《烂尾楼四周生机盎然》,该诗以城市里随处可见的"烂尾楼"为诗思聚焦点,同时别出心裁地将"奶羊"作为作品的主人公。在诗作的语境里,"烂尾楼"是城市发展停滞的象征，而"奶羊"是农民工群体的象征，作品中有这样的核心诗句："奶羊们给自己占领了很大一片草地／而烂尾楼就是它们的哨楼"，这里非常清楚地暗示与表明，城市里的烂尾楼往往成为农民工群体临时栖身的场所。诗作运用隐喻性的手法，叙述农民工群体在城市辛苦打拼为城里人无私奉献的苦涩命运，如同诗中所言："奶羊们自己没有奶一头羊羔／奶的都是市民的孩子"，从中隐含着诗人对处于城市化进程中农民工群体命运的深切同情。全诗语言朴素，叙述流畅，画面鲜明，语调平静而情感深沉。

与高凯的写作姿态不同，绿野是以一个名叫"富宁村"的乡村"义工"（驻村干部）身份，来呈现这个乡村村民的集体命运的。诗作以意象、叙事与抒情相叠加的手法，描述了富宁村美丽多彩的南疆景色，以及富宁村村民日常生活状态，尽管作品也展现了该村村民有限的欢乐，但诗人更多地展示了富宁村村民辛苦的生活状态以及不幸的人生遭遇："务工的人民早出晚归／总有一场灾难不期而遇"，于是，作品灰色而沉重的思想情感基调就凸显出来了，带给读者比较压抑的阅读感受。

主题之三：怀古与怀旧

怀古（追慕古人）可以说是中国诗人一种普遍性的心态与情结，这一点在中国当代诗人身上表现得也极为鲜明。在这里举出部分例子。2022 年，李少君创作了《送别——致李叔同》一诗，作品以近代传奇才子李叔同为追思对象，诗作重点表现李叔同作为一代高僧大德圆寂时的生命体验，突出其悲欣交集、孤独而自在的复杂人生感受。诗作语言简洁、雅致，语调庄重、平和，意境神秘、幽远，令人回味无穷。蔡天新的《蔡伦》以中国古代造纸术发明人、汉朝才子蔡伦为追慕对象，诗人运用质朴而精确的语言，叙述了蔡伦与众不同的精彩人生及其不朽功业，诗作语调平和，淡而有味。夏海涛的《曹子建的鱼山》以建安才子曹植为追慕对象，诗作用曹植封地鱼山作为隐喻性意象，生动描述了一代天才诗人的悲剧人生，表达了诗人对曹植（曹子建）超人才华的无比仰慕及对其不幸命运的深刻同情。作品构思精巧，意境优美。海岸的《曲水流觞》以东晋杰出书法家王羲之与唐代天才诗人王勃为追思对象，诗作想象性地描述了王羲之与王勃的兰亭雅集场景与行为，并表明了诗人仿效先贤雅集行为的思想动机："千百年后，白话诗人再聚兰亭／以文会友，以诗交心／饮酒咏诗之雅俗盛传不衰"。作品语言古雅、畅达，结构自然而完整，给人以一气呵成之感。胡红拴的《太白楼秋记》以诗仙李白为缅怀追思对象，诗人运用半文半白的语言方式虚构了自己与李白相聚畅饮的动人情景，诗作想象丰富，画面唯美，情绪流动得自然而贴切。吴光琛的《赤壁感怀》与陈墨的《那十二年，兼致苏东坡与我》，则分别以诸葛亮、苏东坡为怀古对象（在文学语境中，"赤壁"通常将诸葛亮与苏东坡的形象交集或叠合在一起），前者语言表达流畅、简洁而空灵，充满时间的焦虑感与虚无感，后者着力于独特意象画面的营造，充满身世的沧桑感与认同感。

　　不同于上述诗人在怀古中表现出来的浓郁文人情趣，有些诗人则在怀古中有意无意地张扬英雄主义情结与爱国主义精神。例如，曾凡华的《南牛岭》以元亡明立之际的世袭元朝官员王廷金为缅怀对象，王廷金作为一名海南义士，忠诚于元朝，"誓不事明"，明朝军队便将王廷金及其下属围剿于海南定安的南牛岭，最终王廷金兵败自杀。诗作以文白夹杂的语言叙述了王廷金抗争明朝的悲壮过程与结局，在结尾处诗人这样写道："彤云苍狗天高地远／又有一个美丽的世界将在你的眼前展开……"，表达出诗人对英雄人格的推崇与历史信仰的执着。诗作视野开阔，立意高迈。刘立云的《在仙女山遇见一匹马》追思的对象则是中国现代战争中的无名英雄。诗作以细腻、生动、有力的语言，描绘了仙女山上一匹马的动人形象，在遇见与观察这匹马的过程中，诗人以军人的身份与职业敏感，将这一匹"枣红马"内心认定为一匹失去了主人的战马，并把它想象成是自己曾经的坐骑，以此彰显军人高度的荣誉感与责任感。诗作意象鲜明，色彩缤纷，联想丰富，情感真挚，有力地表现出诗人灵魂深处的英雄主义情结。秦风的《大渡河，五月的弹孔》一诗在构思立意与表现手法方面，与刘立云的《在仙女山遇见一匹马》存有某种异曲同工之妙，诗人用"五月的弹孔"这一核心意象，表达自己对一段悲壮的红军英雄往事的悲情体验，塑造出红军战士的伟岸人格形象。

　　还有一些诗人则习惯在怀古中凭吊历史遗迹，通过睹物来追思古人，发思古之幽情。例如，李强的《老街》、李永才的《芒城遗址》、洪老墨的《在昌邑王城遗址》、格风的《黄河古道》等诗作较具代表性，诗人们以各自的语言方式与历史想象，对无名的能工巧匠、智慧的古蜀人、鄱阳湖文明古国、神秘的黄河文明表达了钦佩、崇敬与向往之情，有效地激发了读者们的历史意识。

如果说怀古是指向诗人集体性的历史意识，那么怀旧则指向诗人个体性的生命意识，怀旧着重呈现诗人过去的生命经验（体验）。与怀古主题一样，怀旧主义也十分普遍，这与诗歌书写（文学书写）本质上属于记忆书写关系密切。我们在此也举出部分诗作为例：晓音的《亲历者》从飞机飞过蓝天白云这一视觉印象为出发点，自然地引出诗人对教她唱过"蓝蓝的天上白云飘"的小学音乐教师的回忆。作品用非常简洁的语言与自然生动的意象，描述了小学音乐教师的不幸人生遭遇，结尾用蓝天永恒不变的蓝色意象，来暗示这位"长相漂亮"的小学音乐教师的人生短暂与红颜薄命，表现出诗人对她的深刻同情与难以忘怀的童年记忆。诗作语调表面十分平静，但内在情感深沉感人，由此构成的艺术张力，令人读后无限动容。鲁若迪基的《爆米花》则用朴实的生活化的语言，叙述了自己试着用老式爆米花爆出米花的过程与场景，现时的场景却极为自然地引出诗人对自己童年时代的"爆米花"记忆。诗中有关"爆米花"的童年记忆场景的描写生动而传神，作品所洋溢出的欢乐与幽默语调，令读者忍俊不禁。此外，西玛珈旺的《窗外的黑与屋子里的黑急需一束光》、甘建华的《大柴旦情思》、陈群洲的《我的食物偏好》、赵宏兴的《夜色》、龚刚的《我们走在无数个春天后的春天》、蒙古月的《秋》、武稚的《蒲》、康泾的《逃离》、张耀月的《我们仍如麦芒》、杨章池的《吸铁石》、高作苦的《从大海中提炼一些细节》、梁潮的《天色》、尹宏灯的《独饮书》、弭节的《谷雨的世界》等诗人的怀旧诗篇均指向各自的人生经历与生命经验，它们怀旧的对象与内容各不相同，语言艺术风格也呈现出个体性的差异现象。

主题之四：行旅观光

热爱旅行、热爱观光，几乎是诗人标准性的爱好，从古至今，诗人们往往喜欢把自己行旅中的见闻与感想用恰当的语言与意象记录并书写出来，使之成为流动性的风物诗篇。

进入 21 世纪以来，随着中国社会富裕程度的逐日增加，当代中国诗人们有了更多的旅行观光机会，他们的足迹不仅踏遍神州大地，还遍及世界各地。因而，表现行旅观光主题的诗作数量颇为可观，在此选择部分诗人诗作予以简要阐述。先来看看涉及海外的行旅观光诗篇：高兴的诗作《布拉格之夜》

给我们带来了典型的欧洲风情，诗人描述的是布拉格的夜晚风景，诗篇开端"卡夫卡的手／搭在哈谢克的肩上／里尔克正用汉语朗读《秋日》／查理大帝宁可留在伏尔塔瓦河畔／也不愿回到金色城堡，子夜时分／莫扎特的琴声从黄金巷传来……"等一系列幻想性意象场景的呈现，凸显了极为鲜明的欧罗巴情调与文化气息，诗作重点抓住布拉格夜晚的灯光意象，展开精彩联想，对布拉格之夜魔幻般迷人的景色与风情予以生动、传神地表现，令人身临其境，流连忘返。诗作结尾部分出现的诗句"一首王菲的《寒武纪》"，则自觉或不自觉地彰显作者的中国诗人身份，为作品所传达的异域风情又注入了民族的情感元素，令人感觉亲切。潘红莉的《胡加里斯的咏叹调》则采取事后回忆的方式，以简洁、生动的语言描述了异域海滨景象与风情，读后令人对"胡加里斯"这块神秘地方神往不已。田原的《岛与湖——郭滢滢的摄影图片与三岛由纪夫》则以目光旅行的方式描述了日本的岛屿与湖光山色，由于诗人长期旅居日本，他对摄影图片的文字解读与诗性书写也呈现出现场观察的质地与效果。作品展现出细腻与暧昧的审美情调，从中彰显具有鲜明日本色彩的艺术特质。

相对而言，诗人们国内的行旅观光诗篇在审美趣味上显得更为地道一些，这是因为国内的景物风情更易为诗人们所理解与把握，国内的读者接受起来也更显顺畅与亲切。例如，汪剑钊的《鸣沙山》以自己游览过的敦煌风景为书写对象，诗人充分调动触觉、视觉、听觉等感觉器官，并运用丰富多彩的视觉意象，非常细致、精确、生动地描述了自己攀登鸣沙山的过程、见闻与感受，仿佛把一幅幅画卷立体地展现在读者面前，令人对鸣沙山萌生无限的神往之情。北乔的《路过阿斯哈图石阵》以自己在新疆旅行途中见过的一道神秘石阵为书写对象，诗人以神奇、敬畏的体验方式与这些荒蛮的、富有灵性的石头进行灵魂对话，作品语调庄重，想象丰富，意象奇特，含蕴深邃。雨田的《柯鲁可湖》以自己在柴达木盆地见到的柯鲁可湖为书写对象，诗人以缤纷的意象画面与奔放的长句式，抒发自己对柯鲁可湖的热烈情感，在诗中，柯鲁可湖被女性化了，也被高度美化了，成了诗人情感丰富深沉的移情对象，由此柯鲁可湖被塑造成了青春女神的动人艺术形象。刘合军的《大理速写》以速写般的笔法表达了诗人对大理的憧憬与赞美，作品语言简洁、灵动，如同行云流水，意象自然又贴切，有力地呈现了大理对旅行者的无限魅力。马培松的《夜过神女峰》以质朴的语言记录了诗人的一次夜行经历，诗作的亮点不是描绘出神女峰的动人风貌，而是巧妙地表现出诗人对神女峰传说的深刻印象，背后折射出诗人浓郁的人文情怀。吴昕孺的《在石洞口傩庙看傩舞，兼致张战》与胡勇的《钓得永州千山雪》则是两位湖南籍诗人对三湘大地的景物与民俗有感而作的诗篇，两首诗作均意象丰盛，情思悠长，前者情调相对深沉，后者情调偏于喜悦，各具韵味。此外，罗鹿鸣的《巴音河之恋》、虎兴昌的《甘南》、汤红辉的《静坐塔克西拉古城》、刘晓平的《阿克苏的太阳》、王福祥的《祁连山大冬树山垭口》、冬雪夏荷的《经由一园梅林——游淮阳梅园》、方雪梅的《西洞庭》、唐江波的《芙蓉镇》等书写不同地方景物的行旅观光诗篇，均有可圈可点之处，给人留下比较深刻的阅读印象。

主题之五：自然与生态

与热爱旅行观光一样，诗人们对自然的热爱、喜欢与亲近态度也是极具普遍性的。简单说来，自然培养了诗人们的审美感受能力，也给诗人提供了无限丰富的写作素材，以及无穷无尽的艺术灵感。因此，自人类诗歌出现以来，诗歌中的自然主题也就出现了，至今已经绵延了数千年。

与往年一样，在 2022 年，许多诗人在其诗歌创作中自觉选择以自然为题材和主题。诗人们通常有意将自然意象作为诗的标题，展现其诗歌创作鲜明的自然主题。例如，梁平的《野蔷薇》以春日里蓬勃怒放的野蔷薇为书写对象，诗人运用夸张、拟人的手法与丰富的艺术想象力，极为生动、传神地描写了红色野蔷薇无拘无束地恣意绽放的动人景象："圈养不可能，索性撤掉篱笆与栅栏，／随她自立门户，野得痛快淋漓。" 由此，诗人对野蔷薇、对美丽春色的由衷喜爱之情便跃然纸上。与梁平的《野蔷薇》有些类似，王琪的《风吹万朵花开》也是以春天绽放的花朵为情思激发点，诗人运用拟人手法与丰富的想象，生动地描写了南山上花朵漫山遍野盛开的动人阳春景色。郭新民的《惊蛰》则以春天的一个重要节气为灵感触点与书写对象，诗人精心设置了缤纷流动的意象画面，呈现春日全面复苏时的喜人景象，并动用魔幻手法与春日的百虫进行灵魂对话，有力表现出诗人对春天的由衷热爱。王军的《花苞》以对春天景色的高度审美敏感，侧重通过小鸟的视角，绘声绘色地描写了花苞在阳光下四处热烈绽放的绚丽春景。作品语调轻快喜悦，想象脱俗，充满童真色彩与趣味。与王军的《花苞》形成对照，赵晓梦的《菜花》以成人的成熟与智慧描述了城市里河流两岸的菜花景色，诗作意象画面跳跃有致，节奏舒缓，修辞讲究，在菜花身上寄托着诗人某种深沉而复杂的情思，令人感慨。周占林的《秋荷》用拟人的手法、质朴的语言与鲜明的意象，为我们勾勒了一幅色彩缤纷的秋日荷花画，诗人为秋荷赋予的平民情感成为该诗的一个亮点，值得肯定。温古的《三道营遇雨》以秋日的雷雨天景象作为书写内容，诗作以蒙太奇的手法、出色的想象，生动描绘了三道营大雨如注、庄稼倒伏、洪水翻滚的可怕景象，作品语言有力，修辞精妙，风格大气，艺术性地表现出了诗人对大自然破坏力的忧思之情。彭惊宇的《新疆大雪》则以缤纷的意象、丰富的联想、立体的感觉、开阔的视角，为我们有声有色地描绘出了在新疆大地上的一场漫天大雪的震撼景象，作品笔力雄健，气势磅礴，意境深远，尤其是诗人对神秘、伟大的自然现象所持有的敬畏与喜悦之情，无疑可以唤起读者强烈的心灵共鸣。此外，冯景亭的《荒原上，那一万匹狂奔的马》、曾春根的《穿过云层就是满天星斗》、曹波的《天空》、于力的《百丈漂瀑布》、彭桐的《秋夜听雨》、王爱红的《冬天的树枝》、李东海的《凝望博格达》、蔡新华的《高原的风》、徐书僮的《子夜》、布木布泰的《不单是某个人的影子》、语泉的《远方来信了》、徐庶的《红岩村大桥》、盛华厚的《冶仙塔的海棠》、牛国臣的《海棠依旧》、孤城的《读春天》、和克纯的《春天，似一坛老酒》、蓝蓝的蓝《傣寨的初春》、左清的《烟雨江畔》、孔晓岩的《紫荆》、鱼小玄的《梨雨绵绵》、王伟的《在我之上是青海》等一系列反映自然主题的诗作，在艺术表现上均各具特色，值得关注。

很多诗人在创作中表现自然主题的同时，常常自觉或不自觉地表现生态主题。简单说来，自然主题与生态主题存在一定程度的交集与叠合。当一位诗人在表现自然主题时，如果在其文本中蕴含有生态意识或生态保护观念（以人与自然相和谐为核心），那么，该自然主题就转变成生态主题了。必须指出的是，近些年来，随着生态意识在中国社会以及世界范围内的广泛传播，生态书写在中国当代许多诗人那里已经成为一股"热潮"了，换言之，生态主题已成为中国当代许多诗人着力表现的重要主题。例如，龚学敏的《暮色中的山羊》以简洁的语言、精妙的意象与戏剧性的手法，生动、鲜活地描画出了一只瘦弱山羊的形象。作品篇幅精短，惜墨如金，言近旨远，含蕴深刻。诗人对那只"暮色中的山羊"同情态度背后所折射出来的生态保护意识，令人无比赞赏。与龚学敏的《暮色中的山羊》一诗的立意比较类似，李斌的《达古冰山上空一只鹰在飞翔》以非常简洁、有力的语言，生动地勾勒出一只在蓝天中飞翔的雄鹰形象。诗作的开端诗句："天蓝得多一朵云都是杂质／冰雪白得有一个人都是垃圾"，以充满智慧的表达方式呈现诗人身上鲜明的生态保护意识，值得肯定。三色堇的《飞禽标本》以极具视觉冲击力的意象画面与雄健有力的语言，描摹了一只猛禽标本的艺术形象，诗人动用丰富的联想表达了针对人类自身的自觉反思："我们隔着玻璃互相辨认，也许它会／认为我就是那个射杀它的猎人？"诗作结尾处，诗人巧妙地设置了"一只灰背鹊正在树上狠狠地盯着我"的戏剧性场景，给人以心灵的震撼效果，有力地彰显了作品的生态保护主题。同样是以猛禽为书写对象，牧风的《鹰隼飞》以简洁、大气的语言与影视镜头，描述了一群鹰隼在空中俯瞰草原以寻找食物的撼人场景，含蓄而有力地表现出诗人的生态意识。庄伟杰的《风打厦门，像弄醒你的梦》则将生态关注的目光投向台风这一人类难以规避的自然灾害现象，诗作以通俗而又雅致的语言与拟人手法，生动描述了厦门台风之夜种种令人紧张与不安的自然景象，诗人的"一页心事浩茫"隐含着祈求故乡厦门风平浪静的美好心愿，其生态关注背后的忧患意识令人感动。

与前述诗人在生态书写背后呈现出来的忧思情绪或忧患意识有所不同，更多的诗人致力表达人与自然和谐相处的生态主题，呈现出一种乐观、积极的文化心态。例如，作为近些年以生态书写而著称诗坛的诗人华海，在2022年为读者提供了不少的生态主题诗歌文本，他的《回想》一诗以回忆手法叙述了诗人一次在山野行走的经历，诗作以回忆的平静语调与拟人的手法，描述了诗人所看到与听到的"野鸽子""松鼠""草虫""果实""树丛""溪水"等动物与植物的状态与形象，诗中"你渴望一种融入与覆盖"的作者心灵自白，鲜明地表现出作品的生态主题。与华海的《回想》立意相类似，亚楠的《我听懂了鸟的语言》以主观性叙述的手法描述了诗人与鸟儿心灵相通的"跨界"体验，作品意象鲜明，语调低沉，情感真挚，凸显人与自然契合无间的美好诉求与生态意识。胡杨的《嘉峪关的燕子》以质朴的语言、拟人的手法与丰富的联想，勾勒燕子在嘉峪关上空自由飞翔的姿态，诗人通过人与燕子进行对话的场景设置，巧妙地表达人与自然和谐相处的美好思想情感。李云的《终有一天》则以出人意料的大胆想象，叙述诗人"把大海叠成一个蓝色背包""背起远赴沙漠"，以及"把喜马拉雅拍打为一个前凹后凸的枕头""和美人鱼谈恋爱，和鲸一起打鼾"的动人心愿，作品想象大胆，境界宏阔，立意高远，令人赞赏。远岸的《数牛牛与数星星》则以童真般的语言与想象力，叙述了诗人一次夜里数牛、数星星的数数行为，作品语调清新，意境超俗，人们读之会萌生与自然融为一体的情绪冲动。

除上述诗人诗作以外，唐成茂的《稻谷也有生辰和谱系》、张鲜明的《造天工棚》、漆宇勤的《野云心》、林萧的《在江心岛，我想与一只鸟签署协议》、梅黎明的《关联》、曾若水的《酷暑感怀》、宁明的《和田玉》、堆雪的《捡石头的人》、王珊珊的《云南拾菌记》、陈跃军的《察雅，在岩石上刻下你的名字》、陈波来的《入海口清淤》等诗人诗作，均在生态主题的表现中呈现出各自的艺术特色与审美风格。

主题之六：爱情、亲情与乡情

爱情主题、亲情主题与乡情主题可以是中国诗歌中最古老的几类主题，但也常写常新，因为中国当代诗人们在诗歌书写中总是自觉或不自觉地将这些主题赋予时代性的崭新理念与情感经验。

2022 年，中国当代诗歌书写中的爱情主题、亲情主题与乡情主题依然呈现出往日的丰富样貌。我们先来论述爱情主题，在此举出部分诗人的诗作为例：张应辉的《爱是非物质文化遗产》先以博喻（排比性比喻）的手法强调爱是一种精神现象（即非物质文化遗产），进而指出爱的本义在当下遭受物化与异化的可悲境遇："爱的意义简化成符码 / 心从繁复字体抽出 / 刹那虚弱，空洞"，最后对于爱的回归表达了真诚的愿望与祈求。该诗立意高远，视野开阔，富有历史意识，值得称道。以情诗写作闻名诗坛的雁西这次给我们带来了《一时感触》，诗人在诗中以"光"来比喻神圣、美好的爱情，并用排比的句式烘托情绪氛围，映衬爱情（即诗中的"你"）的闪亮出场，诗作结尾水到渠成地表达诗人的爱之感悟："恒的度量中，爱才是真永远"。作品语言清新，情绪连贯，结构自然，意境唯美。张况的《在茂名浪漫海岸遐思》以茂名海岸风景作为情思激发点，诗人用借景抒情与直抒胸臆相结合的手法，描绘了浪漫动人的大海风光，抒发了诗人对心中恋人无比缠绵与甜蜜的思念。作品意境优美，情感表达直率、真诚而热烈，展示出浪漫主义的审美情调与艺术风格。

与男诗人作品中的爱情表达相比，女诗人笔下的爱情表达充分展示出女性特有的心理与情感特质。例如，潇潇的《那一夜》以充满暗示性的语言、意象与戏剧性的手法，生动传神地呈现了一对相知多年的恋人在私密空间会面交流的情景，"我"在诗作结尾处瞬间的情感大爆发，有力地展示了女性在爱情面前冲动、热烈、无所顾忌的感性态度。杨映红的《赶赴》以男女约会为表现内容，诗作运用质朴的语言与亢奋的语调，细致描写了"我"即将与意中人会面时既喜悦、激动又害羞、矜持的矛盾心态，充分展现了女性惯有的含蓄性格。倩儿宝贝的《我不是悬崖》、杨海蒂的《夜色如水》、田红霞的《在枫叶上写下你的名字》则共同展示出女性诗人对爱情的美好想象。倩儿宝贝运用鲜明的意象与矛盾修辞，并以女性的撒娇口吻倾诉自己甜蜜的爱情体验，展示出浪漫主义的审美风格；杨海蒂与田红霞则运用丰富多彩的意象画面与温婉细腻的话语表达，刻画出女主人羞涩、甜蜜、缠绵、多情的爱情体验，呈现出古典气质的艺术情调。

如果说，上述诗人在作品中对爱情经验的表达整体上属于暖色调的、积极性的，那么，有些诗人在作品中对爱情经验的表达则偏于冷色调的、消极性的，此种恋爱经验即人们通常所说的"失恋"经验。例如，刘川的《玻璃》在诗作开端便直接声明："失恋／就像一大块玻璃"，然后运用这一形象性的比喻与意象，叙述了诗人极端痛苦与受伤的失败恋爱经验。作品通篇采用口语，表达既流畅又精准，富有力度，同时想象丰富，人物形象鲜明突出，给人留下十分深刻的阅读印象。与此相对照，路也的《草原》一诗也是表现失恋经验的，但诗人将失败与失落的爱情体验艺术性地转移到草原与草原的景物身上。诗作采用了书面语与口语有机结合的表意策略，伴以优美、开阔而苍茫的意境，使文本呈现出颇为强烈的情绪感染效果。花语的《只有回到马驹桥》以心灵呼唤、一唱三叹的方式，呼吁自己和心目中的恋人一起"回到马驹桥"，在客观上诗人却为自己唱出了一曲爱情的悲歌或挽歌。诗作采用重复、抒情、意象相结合的手法，表达作者刻骨铭心的失恋体验，令人为之悄然动容。此外，高伟的《躺平》、舒漫的《暮秋，一把镀金的剑》、海棠的《逐梦的初夏》、雪丰谷的《你的名字》等诗人诗作，均在其作品中表现出程度不同的失恋经验或爱情伤痛经验，给人留下比较深刻的印象。

常常与爱情主题表达结伴而行的，就是亲情主题，因为爱情与亲情存在较大程度的交叉与重合，二者之间的界限比较模糊。中国作为一个历来非常重视亲情伦理的国度，诗人们对亲情的表现与书写用力甚多，用心甚多。我们来看部分作品：耿翔的《母亲的名字》以母亲的名字作为切入口，采用日常生活化的语言，并用小说叙事的方式，生动描绘出了一位"无名"的传统中国乡村母亲形象。诗中的母亲勤劳善良、甘于卑微、害羞淳朴的形象真实而感人，由此含蓄而鲜明地表现出诗人内心对母亲怀有的热爱与同情，令人感慨。荫丽娟的《母亲的一生》以母亲的一生作为表现内容，诗作运用高度浓缩的语言与颇为娴熟的修辞技艺，概括地叙述了母亲较为短暂的一生，以及诗人对母亲性格与命运的本能性继承。作品采取诗人与母亲进行灵魂对话的自白方式，直抒胸臆，表达了诗人对母亲强烈的热爱与思念，令人无比动容。戴逢红的《母亲的作业》则以小时候的一个回忆片段为抓手，采用日常口语的形式，极为朴实地描述了小学教师的母亲下班后操持家务的具体细节与场景，作品语调平静，不动声色地塑造出一位勤劳、辛苦的乡村母亲形象，从中传达出诗人内心对母亲的敬佩与愧疚。作品构思精巧，生活气息浓郁。

与诗人们刻画母亲动人形象、表达热爱母亲深厚情感相对应，诗人们对父亲形象的刻画与敬重父亲情感的表达同样令人赞赏。例如，徐俊国的《蛙鸣：致父亲》以充满现代性的修辞与主观化的意象，艺术性地描画了父亲在春天的蛙鸣之中下地干活，后因劳累过度身上疾病发作而被迫回家休息的场景。作品想象丰富，意象奇幻，语调表面不动声色，实质上诗人对劳累、病痛的父亲充满深深的敬爱与痛惜之情。周伟文的《醒来》抓住春回大地、万物苏醒的一个季节性时间节点，用高度浓缩与流动的意象展示春日"处处湿漉漉的"景象，并在诗作结尾点出"这些年，为父亲洒落的泪水／也醒来了"，由此艺术地表现出诗人对亡父的深切思念，感人至深。育聪的《亲人》以病重的父亲对自己交代遗言为写作动机，诗作采用质朴的语言与焦灼的语调，描述了作者听从父亲的叮嘱认真打扫室内卫生以准备迎接亲人亡灵回家的动人情景，展现了诗人对父亲的孝顺、尊重与热爱，读来令人感动。王彦山的《交公粮》、孔庆根的《送菜记》与牧斯的《斫楠木》，分别用质朴的日常语言描述了父亲到乡镇粮管所交公粮、父亲送菜到单位、自己与父亲在山上砍楠木的场景，三首诗作均属于日常叙事，叙述语调平静乃至平淡，但在这种表面平静与平淡的语调背后，细心的读者不难体会出三位诗人对父亲怀有的痛惜、牵挂与敬重之情。

在以母亲、父亲为亲情投注对象外，一些诗人还将其他亲人作为抒写对象。例如，廖志理的《祖父》将思念之情的触角伸向祖父，诗作采用梦幻、回忆与现实对照的手法，利用两个场景的瞬间转换，暗示了时间的飞速流逝，表达了诗人对逝去祖父的深切思念。作品语言口语化、生活化，意象自然贴切，有力地表达了思亲主题。邓涛的《伯父之死》则将追思的对象定格在伯父身上，诗作运用十分接地气的口语，叙述了伯父闯荡世界的不安分性格，以及最后老死在自家床上的黯然结局。作品的叙述语调微带调侃，但在这调侃的背后，流露出诗人对伯父的内在敬佩与深切同情。与前面几位诗人均有不同，唐晴的《努力加餐饭》所追思与怀念的亲人并未说明具体身份，诗人采用心灵独白的手法，用带体温的语言娓娓诉说亲人（诗中的"您"）离世后自己的痛苦与愁闷，对亲人的真挚回忆之情是该诗的感人之处。

在爱情主题与亲情主题之外，致力于乡情主题表现的诗人也大有人在。例如，胡建文的《故乡的黄昏》通过描写大姐、父亲、母亲在故乡黄昏的河边一起散步的温馨场景，流露出诗人对故乡的深切思念以及对父母、亲人的殷殷牵挂。在这首诗里，乡情与亲情紧密交融，合二为一，由此看出乡情与亲情之间的界限模糊（类似于爱情与亲情二者之间的关系）。作品篇幅精短，构思巧妙，意象鲜明，韵味无穷。陈巨飞的《回乡偶书》与蔡淼的《返乡》叙述了两位青年诗人从城市返回农村故乡的见闻与感受，不同的是，前者想象丰富、修辞考究、趣味幽默，对故乡的面貌表现出亲切、喜悦的情感状态；后者叙述流畅、言辞朴实、语调焦灼，对故乡的落后状况表达了沉重的忧思。与蔡淼的《返乡》立意类似，白公智的《当归记》从"当归"这个词的词语本义出发，表达诗人渴望回归故乡、改变故乡贫穷落后面貌的游子情怀，如同诗中所言："故土严重贫血，急需当归"，诗作采用拟人手法，调用词语想象力，有力地表现了游子当归的乡情主题。不同于前面几位男性诗人的乡情叙述，马文秀的《簸箕湾》以女性诗人温婉、细腻的情感状态描绘了其故乡簸箕湾山清水秀、宁静美丽的乡村风光，作品意象鲜明，结构自然，语调温柔，情感真挚，动人心弦，让人久久难以平静。而从更宏观的角度来看，乡情体现为对土地的感情，杨志学的《拖拉机和土地》是此方面的典型文本。诗作以怀旧的视角书写了拖拉机与土地的深刻关联，有力表达了诗人对乡土深厚的情感。全诗采用排比、重复、比喻等修辞与表现手法，艺术地揭示了拖拉机和土地的亲密历史关系，凸显作品开阔的视野与充沛的气势。除前面论及的诗人诗作，张林春的《唢呐》、路军锋的《落叶集》、胡刚毅的《山里人》、赵目珍的《暮色》、李尔莉的《变小的村庄》、谭明的《乡村小景》、林汉筠的《一杯羊奶的洗礼》、刘西英的《在街头烧纸》、陈欣永的《寂寞的抄袭》、李茂锦的《身在远处》、陈洪金的《修行者》、康城的《腊州村》、邓醒群的《把春天留在石墙上》、西可的《前头岭》等表现乡情主题的诗作，均有可圈可点之处。

主题之七：生命体验与人性

从更高的层面来看，诗歌写作就是诗人对自身生命体验的诗性记录与表达。准确地说，艺术性地表达生命体验，是诗歌写作的重要功能之一。

与前面论及的诗歌主题一样，生命体验主题（或生命主题）是许多诗人着力表现的内容。例如，树才的《皮带》用清新、精确的语言叙述了诗人日常生活中一次恐惧性的生命体验，诗人在某种错觉（幻觉）状态下，将床上的一根黑皮带联想成一条蛇，由此展开了一种绘声绘色的"异物"描写，在视觉上给人以强烈的审美刺激。姜念光的《海岛》将作者自己比喻成大海中的一座岛屿："现在是我，一座海岛，孤身闪耀／在无边的碧波中安放一生的崇山峻岭"，由此，诗人通过在"海岛"与自身形象之间的对位性联想与合二为一，以及在对"岛屿在大海中伏首"鲜为人知的海岛风光描述中，深刻地呈现出诗人孤独的生命体验。诗作语言精练，修辞老到，意象奇特，境界开阔，给人以深沉的情绪感染。冰虹的《忧郁的自由之花》以黑夜、秋水、死神、泪水、花儿、星辰等系列偏于冷色的意象，并运用忧伤、低沉的言说语调，有力表达了女诗人灵魂深处的忧郁情绪。作品结构完整，富有神秘的情调与意境，给人以唯美的感受。杨北城的《一个人从黄昏回来》以主观想象的方式描写了一匹马在黄昏回归栖所的动人场景，在这匹孤独、悠闲的马儿身上，寄托着诗人对与世无争的生活方式的向往之情，如同诗中所言："这是我一直喜欢的生活／与黑夜无争，保持善意"，但诗人对黑夜的期待与欣赏，鲜明地凸显其自甘孤独的隐逸心态。诗作意象画面色彩丰富，叙述生动，意境幽深。胡弦的《河边的脚印》以清新而精确的语言叙述了诗人在雪天野地里行走的经历。诗作以河边雪地里的脚印为诗思聚焦点，采用小说般的笔法细致描绘了冬日雪野的苍茫景象。作品有意重复性地叙述了诗人雪地行走的记忆，从中透露其某种迷茫、寂寥的心态。安海茵的《在秋水沼泽间重塑视野》以充满暗示性的语言与意象描述了"我"与"你"在秋水沼泽间的一段行程，诗作有意采用写景、叙事与对话的多元表现手段，来烘托"你"的前景与命运，作品压抑的语调含蓄而又鲜明地表达了诗人沉重的忧思之情。安娟英的《偷渡》与宇秀的《一把木椅》均在感叹时光的无情流逝中表达自己受伤的生命经验，前者采取直抒胸臆的表现手法，以坦率、真诚的语气抒发自我的失落之情；后者采用生动的意象与丰富的联想手法，以怀旧、伤感的语调慨叹自己飘零的身世。此外，梁雪波在《冬至》一诗中表达个体生命的苦涩记忆，郭卿在《野雏菊》一诗中表达诗人自我的死亡焦虑，马非在《惊闻诗人肖黛在成都去世》一诗中表达对诗友的深切哀思，寒冰在《斯人》一诗中表达对诗人昌耀的崇敬与怀念，王谨、伍迁在《清明，祭莫埌山》与《抵达白云深处的故乡》两首诗作中，对失事飞机上遇难的全体同胞表达的痛悼之情，均能激发读者程度不同的情感共鸣。

如果说上述诗人在作品中所表达的生命体验在情绪上整体上偏于灰色调，那么，也有很多诗人在其作品中主动表达出暖色调的生命体验。例如，大枪的《做一个厨师的理想》以充满智慧感与幽默感的叙述语调与修辞方式，想象性地描述了一个"厨师"从去市场买菜到在厨房里把菜品制作完成的过程与场景，作品意象缤纷，场景转换自然、有序，叙述节奏从容、舒缓，诗人梦想成为"一个厨师的幸福"生命体验，极具正能量的情绪感染力，令人心向往之，并产生跃跃欲试的冲动。陈小平的《假日》以质朴的语言与平和的叙述语调，生动地描述了城市假日令人感觉"安静和孤独"的真实场景，诗人渴望亲朋好友在假日里相聚游玩的内心愿望的真诚表达，能够唤起读者的心灵共鸣。李皓的《彭城蚊子》以现代性的修辞方式与幽默语调，描述了士兵们与袭击自己的蚊子进行"激烈搏斗"的生动场面，诗人在作品中有意无意呈现出的英雄主义与革命乐观主义精神风貌，给人留下极为深刻的印象。程立龙的《画虾》通过画虾的过程与动作要领的生动叙述，表达了诗人对"能屈能伸""又直又硬"的人格力量的向往之情，引人深思。吴涛的《新年好》则以清新、活泼的日常口语表达对新年来临的欢迎心情，作品轻松、喜悦的叙述语调，恰到好处地表现出诗人热爱生活的思想性格，令人称道。

当生命体验展示其充分的复杂性，或者集中指向其负面部分，这便进入人性的领域了，生命体验主题（或生命主题）也转换成人性主题了。简单说来，人性一定会涉及或呈现人自身灵魂的内在复杂性与冲突状态。例如，保倮的《火焰》以直抒胸臆的方式展示自身肉体与灵魂的内在冲突，诗人运用心灵自白的手法充满激情地叙述了肉体毁灭与灵魂疲惫之间的内部纠结关系，人性意识跃然字里行间。卢卫平的《纵横》采用质朴、顺畅的言辞，并同样以心灵自白的方式，在自我的"性情柔弱"与想象他人的"纵横驰骋"的对比性叙述中，流露出强烈的自我失落与灵魂内在冲突的沧桑感。慕白的《饮酒记》也以第一人称的视角简洁地描述了一个晚餐的场景，诗人直接声明饮酒"可安魂"，并用"灵魂长满皱纹"这样的幻觉意象，来呈现自己灵魂的焦灼与不安状态，最后呼吁通过饮酒来获得灵魂的"皈依"与心灵的安静。安然的《给我》则用女性自白的口吻，以排比的句式，发出一连串的灵魂呼告与欲望诉求，诗作中女主人公灵魂内部的复杂性与矛盾状态，表征着人性本身的复杂性状态与样貌。

从前面几位诗人涉及人性主题的文本中可以看出，人性揭示的深度与灵魂复杂性揭示的力度紧密相关。这里再举出几个例子：林雪的《生活——姐妹》以女性的非凡勇气直面自己灵魂深处的灰暗图景，诗人用心灵自白的方式表达了对生活爱恨交加的复杂态度，诗人如此坦白："那另一些事物曾经粉碎过 / 我们体内的黑暗 / 在自己承受的侮辱中 / 向侮辱鞠躬"，这种充满复杂性的灵魂呼告，足以令人心灵战栗。刘频的《描述一次被雷击的遭遇》以极大的精神勇气叙述了诗人青年时代遭受雷击的非凡遭遇，诗作运用十分精确、生动、传神的语言，高度真实且艺术地再现了诗人早年遭遇那场惊心动魄的雷击过程，诗人在诗的结尾处如此告白："至今，每到雷雨季我沉郁的灵魂仍在战栗 / 当岁月的滚滚奔雷涌过头顶，请原谅我变得怯弱 / 请原谅我，学会了在闪电欺身时的自我保护——"这样真诚、坦率的灵魂告白，让读者的灵魂也长久处于战栗状态，该诗对人性的揭示达到了令人赞赏的深度与力度。与刘频在《描述一次被雷击的遭遇》中对自我灵魂状态的勇敢坦白有些类似，王法的《脱胎换骨》以自我宣言的坦诚姿态，叙述诗人自己对真诚人格的执着追求："我摩擦生命的闪电 / 剥掉逢迎、谄媚、假笑、苟且 / 留下白森森的骨头和灵魂"，可谓言辞铿锵，铁骨铮铮，凸显诗人对人性虚伪的摒弃态度，令人为之点赞。在深度揭示灵魂状况与人性问题的基础上，有些诗人还对人性的负面部分进行了自觉反思，颇为典型的文本要算周庆荣的散文诗章《转折》，该散文诗章以宏阔的宇宙视野与宽广的人类胸怀，对人类"心胸狭隘"的固有人性弱点进行了坦率揭示，显示出诗人头脑的清醒，但更让人赞赏的是，诗人对自己存有的"心胸狭隘"，也进行了自觉而深刻地反思："世界辽阔的时候，我的狭隘开始具体"，诗人这种勇敢解剖自我灵魂的思想行为令人肃然起敬，同时也将人性表现提升到了人性反思的更高层面与境地。

主题之八：神性体验

神性写作是 21 世纪以来中国新诗写作的重要向度之一，简单说来，当生命写作与人性写作进入提纯阶段与超验阶段，便迈入神性写作之境地了。准确一点讲，神性写作所重点展示的神性体验，是一种带有神性色彩或神话思维方式的生命体验，具有纯粹、庄严、崇高的审美风格特点，背后展示出超越世俗的生命信仰与思想观念。

作为当代中国诗坛神性写作的重要代表性诗人，吉狄马加每年都为我们带来了表达神性体验主题的出色文本，2022 年度，诗人为我们带来了表现神性体验主题的优秀之作《应许之地》，该诗以关注人类命运与前途的全球视野为出发点，运用充满彝族文化气息的语言、意象与修辞方式，并以庄重、热情、自信的语调，描述了包括彝族在内的人类未来的美好发展前景与理想家园图景（这应该是"应许之地"的内在含义）。在这个文本中，诗人利用彝族人普遍信奉的万物有灵论观念，引导读者对文本中那位彝族的先知人物（即诗中的"他"）产生崇拜与敬仰之情。诗人这样描述"他"的形象："他的眼睛将面对滚滚而来的太阳／像他们的祖先一样向万物致敬。""他却让我们看见了久违的穿斗结构的天宇／以及神话中巨人的木勺。"从这样充满神性色彩的场景描述中，读者的灵魂会得到高度净化，而且会对神圣的未知的事物充满敬畏之情。曹有云的《雪豹》以出色的超验性想象，为读者带来了一匹"身披斑斓的星辰""跃行在雪山之巅""跃行在天上"的雪豹，诗作以绚丽、奇特的意象与神秘、庄严的语调，描摹出雪豹这种"雪山之王"神话传说般动人的艺术形象，实质上，诗中的"雪豹"乃诗人虚构出来的"纯粹的幻象"，但"雪豹""不可触摸""不可亵玩"的崇高与神圣形象，依然能够唤起读者强烈的神性体验快感。石厉的《祁连山》也以出色的超验性想象，为读者勾勒出一座神圣之山的艺术形象："它高于所有的飞行／是王母始终的隐身之处／它银色的头颅，同时／安慰了皓首的老人与神仙"，在这里，诗人调用了中国经典的神话传说，使得其关于祁连山的非凡性想象，为读者增添了十分亲切的审美阅读体验。杨廷成的《黄河上的群舞》以雪落黄河为表现素材，诗人以质朴而优美的笔触描述了黄河之上雪花纷飞的动人情景，并在诗作结尾处升华至神性体验的境界："这纯净如大河之水般的灵魂

/ 让尘世的众生修得一颗柔软的心"，由此使得读者的心灵瞬间感动并自我净化。刘以林的《夕阳》以仰望、膜拜的姿态刻画出诗人眼中的夕阳形象："伟大的旅行者向西边的黑暗慢慢靠拢"，诗作采用视觉意象、听觉意象与触觉意象相混合的方法，同时运用庄严与激动相结合的语调，营造出夕阳落山时撼人心魄的非凡意境，给读者以深深的代入感。田湘的《天上的事物》同样采取仰望、膜拜的姿态以天上的星星为观照对象，诗作运用清新、流畅的语言与平静、自信的语调，刻画出星星作为人类生活价值赋予者的光辉形象，带给读者以深刻的玄思。徐柏坚的《光芒》则以星光与落日为审美观照对象，诗作用纷繁的意象、流畅的语言、温情的语调，描绘出大地上黄昏时分的苍茫景象，表现出诗人对神性境界的无限憧憬，引发读者的内心共鸣。

与上述诗人主要通过具体景物表达审美化的神性体验的主题意向不同，一些诗人重点通过具体景物表达神性体验背后的文化意涵。例如，萧风的《铁佛寺的梅花开了》与张烨的《空山观瀑》均运用出色的想象，以及生动、空灵的语言与意象，表达出两位诗人对禅宗文化的向往与推崇之情。李自国的《金沙遗址》与兰心的《东巴之冬》则分别采用繁复、流动的意象与明快的语言和重复手法，表达出两位诗人对古蜀文明与东巴文化的膜拜心态。此外，姚辉的《虹》、曹谁的《通天塔》、南鸥的《传奇》、马启代的《月亮的多种比喻》、凌晓晨的《闪念》、冉冉的《只是为骨折而祈祷》、黄劲松的《坚持》、樊子的《失眠》、杨佴旻的《天冷了人们已不再飞行》、野松的《路标》、肖春香的《瘦笔》、祝发能的《砧子与锤子》、五噶的《书架上的石头》、林江合的《家乡的风寒》、涂映雪的《月下品茗》、林琳的《莲》、李建军的《时空旅行》等诗人的诗歌文本，均以不同的题材与表现角度触及与表现神性体验主题。

主题之九：人生感悟与哲思

通常说来，诗歌不仅具有抒情、言志的功能，也有表达思想的功能。在2022年，有不少诗人通过诗歌的方式来表达人生感悟，展示其对思想智慧的主动追求。

如今已届耳顺之年的诗人叶延滨在他的《十七岁与七十岁》一诗中，以自身高度的生命智慧表达其对十七岁与七十岁这两个特殊年龄节点的独特体验与生命感悟。诗人用心营造了一连串丰富、精彩的意象，并运用对比的手法，巧妙地揭示了诗人在十七岁的青春时节渴望获得七十岁诗人的斐然成就，而到了功成名就、孤独自处的七十岁时又渴望拥有十七岁的青春活力的微妙心态，诗人以厚重岁月作底蕴的独特人生感悟，充满了生命本身的智慧色彩，令人感慨万端。作为口语写作与日常生活写作的代表性诗人，尚仲敏在《岁月》一诗中以极接地气的日常口语与幽默语调，真实而生动地叙述了自己童年时代的有趣经历，并且重点交代了自己与同班一位漂亮女生之间"疑似早恋"的陈年往事（这件事情的本质应属于小学同学之间的朦胧好感）。这首诗非常出彩的地方在于，诗人在多年后的一次同学聚会上，如此发表自己对岁月流逝的生命感言："岁月不饶人，岁月可能饶了男人 / 但岁月从来不饶女人"，如此一番内涵丰富的岁月感言，充分彰显诗人随着时间而来的人生智慧，令人击节叹赏。同样涉及对时光流逝的感受，陈新文的《镜中一生》与徐丽萍的《镜子是有记忆的》不约而同地选择"镜子"作为核心意象与观照对象，前者以"镜子"与诗人互为镜像，运用机智的语言表达诗人对生命孤独存在本质的人生感受；后者以"镜子"作为观察对象，运用拟人手法与矛盾修辞的方式，表达诗人对生命矛盾状态与岁月虚无本相的智性感悟。艾子的《少年椰子》以隐喻的手法、大气的语言描述了一个自命不凡的椰子（椰果）形象，诗人在诗的结尾用对话方式点出了椰子的最终觉悟："——你终于明白，万千椰子中 / 你只是最平凡的一个"，由此，诗人含蓄地提醒年少轻狂者对自己的人生应有清醒的定位。马慧聪的《中年书》与王立世的《人过五十》均书写人到中年的生命体验与人生感悟，前者以幽默、自嘲的语调表达自己"人生又苦又短"的中年感受；后者以精彩的比喻与鲜明的意象感叹"人过五十"之后"人生的杯盘狼藉"，诗人对岁月流逝的沧桑之感令人唏嘘。丘树宏的《苏曼殊》则以质朴的语言与想象力，刻画出中国近代才子苏曼殊与众不同的脱俗形象："你只是，在 / 一条曼妙的曲径 / 走着特殊的人生"，诗人对苏曼殊人生轨迹的独特理解，无疑展现出充盈的诗性智慧。

上述诗人在其文本中表达出来的智性人生感悟，均建立在各自丰富、深厚的人生经历与生命经验上，另外有不少诗人，直接对生命、存在、命运、生死等宏大、深奥话题进行自觉地思考，由此进入哲思或形而上思考的高端层面与境地。在此兹举部分诗人的文本为例：车延高的《冥思》以大海作为背景与隐喻，通过营造鲜明、生动的意象画面，诗人对苦难生命的精神皈依问题表达了充满禅宗色彩的追问与思考，令人产生思想共鸣。师力斌的《寂静中的挣扎论》也以受伤的生命经验为观照对象，并运用出色的想象与深度的幻觉意象，来表达诗人对时光意义与存在秩序的形而上追问，立意高深，发人深思。孙思的《时间》直接以“时间”这一最为深奥的哲学命题作为思考对象，诗人运用形象的语言与拟人的手法，描述了时间在乡村、城市以及具体个人那里所呈现的不同样态，展示诗人个体性的思想智慧，值得赞赏。与孙思的诗作标题《时间》性质相同，朱涛的诗作标题《最高意志》充满了抽象的哲学意味与思辨色彩，诗作运用精确、独特、智慧的现代性修辞方式，表达了诗人对女性繁衍后代承受巨大生理痛苦的深刻合理性认知：“在产房，我看见痛苦实现了最高意志”，将女性的痛苦与幸福纳入最高意志的哲学范畴进行深刻思考，使得该诗歌文本以哲思的纯正性与深邃性在同类文本中脱颖而出，令人赞赏。

历史、时间、命运等问题是诗人进行哲思的重要对象与内容。华清的《蚊子》自觉对西川的《蚊子志》予以互文性或呼应性的书写，诗人华清对诗人西川的思想发现：“在历史的缝隙间，到处是蚊子”表达了强烈的认同，在此基础上，华清运用十分鲜活、生动的笔触勾勒出了蚊子骇人的“吸血者”形象，同时进一步生发出对生命历史胜利者的思想认知：“不是英雄，甚至人类也不是 / 胜利属于嗜咬者，这就是 / 常态下生命世界的历史”，这样的生命世界观展示出来的深刻、睿智的历史哲思，令人有醍醐灌顶之感。王黎明的《花期》以春天的花期为观照对象，诗人以简洁、生动的语言描述了种子急于发芽、开花的春日景象，并从种子的角度表达强烈的“新生”愿望：“哪怕来生又是短暂的花期”，这便在隐喻层面上表达出诗人对“人生短暂”的思想认知，促人警醒。胡少卿的《理发师》以自己同理发师“一起慢慢变老了”的真实人生经验为出发点，运用朴实的言辞与比喻，诗人开始自觉思考“理发师”“一辈子终老这家理发店”的人生归宿问题，并觉悟到自己也是终老“同一所学校”的类似命运，诗作对人类命运相同性问题的思考，显然进入了形而上的层面。安琪的《活物和死物——题石貘》以被供奉在博物馆里的“一只青铜时代的石貘”为观照对象，诗人运用生动、简洁、有力的笔触，以及对比性的手法，指出并强调博物馆里的石貘与在大地上奔跑的石貘在命运、价值方面的巨大差异：“前者本是死物，却比活物活得长久 / 后者本是活物，却比死物死得更快”，由此揭示艺术的永恒与珍贵，哲理色彩浓烈。与安琪的诗作立意类似，中岛的《世间》以一代文豪鲁迅与鲁迅笔下的人物为表现对象，诗人采用惯常的口语与幽默的口吻，揭示出鲁迅已逝但其笔下的艺术人物永远活着的事实，诗思睿智，值得赞赏。程维的《在大海对面》与方文竹的《缺口》均以大海为诗思对象，前者以大海为思想背景与人生价值之源，诗人通过精确、生动的言辞与对比性的手法，展现了"亿万普通的人海"（人群的比喻）所承受的日常生活的沉重命运；后者以大海作为人类心灵的喻体，诗人以考究的言语与修辞，表达了他对现实残缺境况与人类平凡生活状态的思想体认。路文彬的《哀歌》以抒情加叙事的表现手法，生动描述了"我"与"自己"在雨天里变成"船""鱼""岛屿"等一系列幻觉意象，在象征的意义上，表达了诗人在漫长生命历程中"寻找自我"的主题意向，而"寻找自我"正是经典性的哲学命题，诗作的哲思意味不言而喻。梅尔的《微信》则直接以当下新媒体时代人类的生存境况为思考对象，诗人运用矛盾修辞手段与幽默反讽语调，揭示了人们在当下荒诞性的存在状况，如诗中所说："你被营销被推广被记录被支付／在一张巨大的网中越来越不得安宁"，人类在高科技生活面前的"错位"与焦虑状态的真实呈现，凸显该诗浓厚的存在主义哲思意味。

除此之外，梁尔源的《春日》、北遥的《春日短》、三泉的《无限事》、段光安的《烈日当空》、王桂林的《好像什么都未曾发生》、姚风的《我饮故我在》、毛江凡的《美好的事物终将走到一起》、马萧萧的《推敲园》、陈树照的《我所遇见的黄河》、张琳的《诗歌就是生活》、爱松的《交谈》、梁志宏的《蝶变》、唐益红的《细小的事物中藏着不为人知的秘密》、何佳霖的《你无法了解一只水鸟的空旷》、如风的《唐布拉草原》、瓦刀的《独坐沂山顶》、吴玉磊的《在时间的天平上》等诗人的文本，均从不同的审美观照角度呈现出程度不同的哲理意味与哲思内涵。

综上所述，可见 2022 年度中国新诗的创作主题非常丰富与多元（其中不少主题之间存在交叉与重叠关系），它们在反映与呈现诗人们思想观念与情感经验的广度、深度与厚度方面，达到了令人瞩目的程度与境地。与这些丰富多元的诗歌主题相对应，诗人们在语言节奏、表现技巧、审美风格、创作方法等诗歌形式方面也彰显极大的丰富性，整体展示非常扎实、深厚的思想艺术功底。总之，2022 年度的中国新诗创作延续了近些年新诗创作的多元化格局，并对当下纷繁复杂的社会现实予以了及时、有效的诗性书写，达到了历史意识与美学效果的有机统一。简言之，在当下，诗人们处理复杂现实材料的思想能力与艺术能力较之以前得到了颇为明显的双重提升，在不事张扬的低调状态中为我们奉献了大量扎实、有力的现代诗文本，这带给我们以沉甸甸的丰收喜悦，也让我们对诗人们未来的诗歌创造充满了更高的期待。

写于 2023 年 3 月下旬至 4 月上旬，4 月中旬略改

目 录

1月

1

2月

目

录

3月

4月

5月

6月

7月

8月

9月

10月

11月

13

12月

目录

冥　想

车延高

非常清楚，浪花不是莲花
礁石还是归静，一动不动地打坐

远处，剃度了大海
或刚刚被大海剃度的太阳，披一身袈裟
佛光普照

没有木鱼声
潮水用它的方式诵经

我坐在一朵浪花上冥想

苦海到底在哪里
一颗心滴血，能不能长出干净的莲花

原载《上海诗人》2022 年 1 期

南牛岭

——元亡明立，世袭元官的王廷金"誓不事明"，血战南牛岭，兵败自
戕……

曾凡华

起风的日子
一切迷茫皆已荡尽
作为王廷金的"垓下"
南牛岭已是定安的制高点
只须登临一望
眼下就是一马平川

义举也罢
愚忠也罢
历史的轮盘赌输赢无定
能留下的只是南牛岭的嶙峋巉岩
走兽飞禽
至于那些刀枪剑戟　战袍旌旗
早已被烟雨楼前的繁华
掩埋干净

祖孙三代的富贵
皆系文宗所赐
故宁死也不认草莽皇帝的印鉴
然而
王廷金不是冯白驹
南牛岭不是母端山
家族的使命难分忠奸
只能用历史车轮的进退评判
君不知
山下那条弯弯曲曲的茅草路

2022年　中国新诗排行榜

抛洒过多少屈辱和苦难
而此刻
站在南牛岭的十里平台上
我西顾落日而长嗟
江山代有才人出
始信东坡不妄谈

诗出两人之手却能合二为一
可见世事的纷纭
都能在沉沙折戟后归于平淡
还不如让山间的顽石唱一个诺吧
彤云苍狗　天高地远
又有一个美丽的世界将在你的眼前展开……

2022 年 1 月

壹月

生活——姐妹

林 雪

生活啊！我的姐妹
是否现在，某处
是否任意的时刻
从一个回忆中匆忙起飞只是为了能从容降落在过去，某处
任意的地方而那逝去的时间
那另一些事物曾经粉碎过
我们体内的黑暗
在自己承受的侮辱中
向侮辱鞠躬
在世界施加的卑劣中
向卑劣屈膝

这个世界是否还值得拥有
且配得上你？手里的泥沙
还能握多久？直到温暖的一小团也消失不见

那被生活和青春轻视过的
在艺术和衰老中
重又获得了敬意

2022 年 1 月

河边的脚印

胡 弦

沿着河边，有行隐约的脚印
——许多天前有人从这里走过
那时，雪下得紧

雪曾把践踏的痕迹掩盖
但在化雪的时候，阳光会准确地
率先找到它们，
现在，那些脚印的形状显露出来

被踩过的雪总是化得快
脚印，在释放它从前承受的压力
我继续往前走，脚下
是晶体的断裂声
一串单向的脚印，不见回头

再往前，穿过废弃的砖瓦厂
是通往县城的路
回头看，脚印已是两行
——当年，我也在走到这里时
回头望：村庄，和一个未知的世界之间
正下着雪。那时
是一行转眼变得模糊的脚印
催促我拿定了主意

2022 年 1 月

壹月

惊　蛰

郭新民

一只黑猫从黎明的窗前闪过
以春风吹拂夜幕的速度
让你心灵的脉动加快了节奏

在香椿树释放的气息中
轻轻穿越，那种说不出的感觉
就像警长去郑重逮捕一只老鼠

天边飞过的鸟雀叽叽喳喳
总有快乐的情绪向你传递
心胸宽阔，天地广袤无垠

以石狮子痴迷望天的姿态
看蹑手蹑脚匆忙行走的人们
我的黑猫浑身是胆聪明伶俐

这是百虫惊醒的重要时刻
告诉我，你灵魂深处有何萌动
是否听到了蚯蚓破土的呐喊

惊蛰以猫步行走在季节边缘
时间在春风簇拥下耸起耳朵
聆听大地浑厚而深情的呼吸

原载 2022 年《十月》第 1 期

只是为骨折而祈祷

冉 冉

上一次想到骨头时，傲气
尚存。那时的脊骨和膝盖
年轻光滑，柔韧坚实

如今桡骨开裂，细细的缝隙
分出了两岸。遗忘之物
都伸着钓竿——你会诧异
一粒沙去钓另一粒沙吗
上钩者欣悦地衔住了钓饵

为只是骨折而祈祷
为一直共处却未谋面的桡骨
祈祷，为组合成头颅骨
躯干骨、四肢骨的
二百零六块大小骨头祈祷
祈请那些长骨短骨
圆骨扁骨所支撑的愿力
持续滋养绵长的岁月……

原载《民族文学》2022 年 1 期

壹月

7

草　原

路　也

只身来到草原，什么也没有带
从空旷到空旷
地平线爱我
弱小的人，在大地上总是失败
抬起头仰起脸来
白云爱我
所有没有去过的地方，都是故乡
草木也需要量体裁衣
风爱我
弄丢了爱情
只剩下独自一人，越来越孤零
大片野花初开，一朵一朵，全都爱我

原载《诗刊》2022 年 1 月号上半月刊

天上的事物

田　湘

星星是天上的事物，一直在
困扰我们。所谓杞人忧天
是因为我们相信，有朝一日
天真的会垮塌。神用泥土和石头
堆砌成一座座山，就是想撑起
垮塌的天空。树木拼命地长
也是想获得顶天的力量
我们在黑夜里点燃火把，因此有了
自己的家。我们生生不息
依然丝毫不敢懈怠，而星星在天上
默默地俯视我们
偶尔坠落一颗到人间，以此
试探我们的勇气和诚意

2022 年 1 月

壹
月

太白楼秋记

胡红拴

从汉石桥街，到清平巷
竹竿巷的老屋，还有
古运河见证的沧桑
六百年的东大寺
琉璃瓦一次次唤醒日月
河面上的舟船
穿行间运载着华贵的京杭
借鲁地一隅
也于中秋提半壶老酒
词句四两
会一会千年前的大咖栋梁
邀月，陪君来次大醉
砖木的楼
秋风里是否也盛满琼浆
千里长的大运河
垂柳，也有说不完的故事
太白楼外
秋的乡愁，早已
醉了街坊

原载《延河》2022 年 1 月上半月刊

失 眠

樊 子

花开的时辰
星光被露水打湿的时辰
不，这些不够准确，不能够说在黎明
一些关于时间的结论往往是错误的
我童年从黑夜开始失眠，中年的黎明来临，我依旧在失眠
睡在荒冈上，我不敢肯定苦楝树不是来自月亮
说不清楚墓穴里的赤练蛇何以游动在天堂的池水中
你们可以来到荒冈上走走
那些过往的苦难留下多少痕迹，那些骄傲的岁月又留下多少荣光
干净的，龌龊的，悲悯的和憎恨的
我都拿手去抚摸过
就像你们的到来，我把河水捧给你，把麦穗递给你
把墓碑扛给你
你们仅仅会得到这些东西，如果你们失望了
我会睡在散落一地的云的阴影里，我的失眠让你们紧张、急促
我胡话连篇，语无伦次，口无遮拦
而我却是第一个抓住闪电心脏的人，是啊，这显得多么不可思议
一个有深度失眠的人
说河水、麦穗和墓碑是他灵魂的人
说自己是出卖河水、麦穗和墓碑的人
说他是你们在睡眠中活着的人
说你们是他失眠中死去的人
我就是这样胡话连篇，语无伦次，口无遮拦
抚摸闪电粗糙的皮肤、捏紧它粗狂的骨骼，抓住它的心脏
它的心脏那么鲜活
像红蚂蚁的呼吸，像你们能理解的一朵玫瑰花的名字

原载《诗潮》2022 年 1 期

壹月

彭城蚊子

李　皓

缺水的彭城不缺蚊子
彭城的蚊子是夏夜的霸王
不管军用蚊帐掖得多么严丝合缝
它们都能用虞姬的唱词
将学员们侵蚀得体无完肤
天亮之前我们必须向它们叫板
我们麻木浮肿的手上
沾满了自己青春的热血
恍惚间回到淮海战役的战场
这血腥的味道让起床号
听起来更像冲锋号
我们鱼贯杀向口号四起的操场
迅速忘记昨夜的项羽
是否过了江东

原载《陆军文艺》2022 年第 1 期创刊号

夕　阳

刘以林

伟大的旅行者向西边的黑暗慢慢靠拢

大地举案齐眉，钟声敲响，依依惜别
人间的高提升到最紧急的黄昏
到处都是最后的明亮
亮之后是一种黑
黑之后是一种疼痛

它用一个词震撼所有的见证者：红
结束的都永在一起
留恋的都无法活着
夕阳，重逢的梦回到了泪水之中

2022 年 1 月

壹月

13

推 敲 园

马萧萧

两句三年得，一吟泪双流——

每一首诗，都是一株食肉植物
每一位老诗人
都被啃得体无完肤

鸟宿池边树，僧敲月下门
而很多诗人，一辈子向外敲着
一扇被反锁的门

原载《芙蓉》2022 年第 1 期

2022 年 中国新诗排行榜

脱胎换骨

王 法

我反复脱胎
活一天脱一次
仿佛蛇的蜕皮
我摩擦生命的闪电
剥掉逢迎、谄媚、假笑、苟且
留下白森森的骨头和灵魂

2022 年 1 月 6 日

壹月

在文字中读出我的需要

吴海歌

步入你的文字
开始我不以为然
没有目的没有需要
把你栽种的文字当风景闲逛
然而当我步入才发现
是你的文字刺激了我的欲望

你的文字触动我的内心
你不会知道
你设下的陷阱
暴露无心或有心
文字化作叶子和枝条戳痛了我
直指我的灵魂
一个几近麻木的灵魂

林子中的果实令我动情
我会偷你的叶子折你的枝

你的文字把我变成贼
我是悔恨羞愧还是欢喜

原载《芒种》2022 年 1 期

窗外的黑和屋子里的暗都急需一束光

西玛珈旺

窗外的黑和屋子里的暗都急需一束光
北方的夜晚是被雪的白冻醒的
是被拴在门外的老牛一口口嚼碎的
是被我家的黄猫堵在窗外的

大风车的翅膀搅动漫天星辰
屋后的大柳树已经老到抬不起头来
细小的枝上蹲着几只麻雀
它们在夜色的光里惊慌失措

夜很安静，我能听到氧气管里奔跑的风
以及窗台上几瓶钙奶焦虑的眼神
父亲斜靠在一床被子上
他的眼球不动，盯着棚顶的一粒尘埃

母亲怕冷，她睡在火炕上还穿着棉袄
此时我见到的是二千万年前的星光
它垂直降落在一扇几十年前的老窗上
父亲耳背，却依然能听出童年流水的敲门声

原载《大家》2022 第 1 期

壹月

伪装的夜色

羊 子

情感的跷跷板荡着秋千
展开瞭望接住思念
伪装的夜色挡不住歌声
敲打心口的鼓面
鼓声涟漪灯影微笑沉沦街道
绿野挥动清风的丝绸
蓝天扑面
一朵一朵雪白的浪漫
在脚下衬托人间
荡着秋千的情感啊
弹奏生活的是阳光吗
时间宠幸缠绵
柔软放牧温暖
飞舞裙裾的花蝴蝶
是时间忽闪忽闪的小眼睛
轻轻拍打兰香呼吸
听声音浮出眼神

原载羊子诗集《岷辞》，四川民族出版社，2022年1月版

裙摆是风在翩跹

于慈江

但愿这个虎年有空在海边
冬眠或慵懒。除了穿越地球
延伸地平线，船也能成为
摇篮，还可供你漫不经心
点数岸边。疼痛其实是身体
在呻吟，是默默求助的声音
提示你应放慢节奏，适度休眠

一个人的成长就像树疯长
无关年龄，亦往往悄无声息
与惊艳或潋滟更每每无缘
且不管大寒意味着大雪、罡风
还是火山，那斜出的裙摆
是风在撩拨，是路边的花枝
招展，也是无边的优雅在翩跹

2022 年 1 月 23 日

壹月

百丈漈瀑布

于 力

所谓瀑布
其实，就是水在跳水

再大的落差
也不过，一滴水到另一滴水的距离

百丈的漈落
超越了李白笔下的庐山瀑布
也超越了银河、九天

能与之媲美的，只有人心
因为，心比天高

——当一滴水
被虚妄托举得至高无上的时候
就变成一个咆哮的动词

一些固有的基因
便从体内抽身离去
比如说，柔情、上善、不争……

当他察觉出，不知何时
前方的道路已经戛然而止
——一切为时已晚

只能在悬崖的胁迫下
向着百丈深渊，孤注一掷

2022 年 1 月

一把木椅

宇　秀

这把木椅
二十年前与我一起跨洋迁徙
在张皇无措的异地
贴着它的背脊，坐在它的怀里
就是搬来的故居
不知不觉就坐进了落日。冬的黄昏

闭目，垂首
窗外起风，冷雨零落
一只麋鹿从我破败的身体出走
去童话里复活

森林的涛声在皮囊的虚空里回荡
像故居的穿堂风击打高墙的寂寞
没人知道
只身空谷的羊在寻觅来时的路
就像没人知道午夜里一把木椅
想念着树

原载《台港文学选刊》2022 年第 1 期

壹月

亲　人

育　聪

是不是，人愈老愈怕生病
冬去春来，耄耋的父亲患上感冒
他交代后事，忧心忡忡着嘱咐：
我如果去世，卧室的摆设要保持原样
你母亲和我会经常回来看望你们
——不知怎么，我却一时放下其他事
忙着打扫庭院，修剪花草，擦拭玻璃窗
把家什收拾得整齐干净
仿佛就要迎接久别重逢的亲人

2022 年 1 月

茂名浪漫海岸遐思

张 况

取走海里的盐，海水就变得轻松了
轻松的浪花拍打着我的脚踝
就像儿时入睡之前，耳畔轻轻响起
祖母慈眉善目的童谣

取走大海的喧响
我的心就变得宁静了
宁静的心海里装着情感宣言
我想在晨曦醒来之前，逐字逐句
悄悄默念给远方的她听
那里面有我和她秘而不宣的爱恋

给海岸添加一些浪漫的词
诗句就会长出海鸥的翅膀，扑腾着
飞向无边的蔚蓝，风一样拽着我
去际会海天一色的悲壮

给流浪的云朵腾出一片天空
诗歌就成了海天之间最神圣的留白
神圣的留白，就像恋人之间
四目相对时的那种柔曼表白
在浪漫海岸想念一个人
掬一把海水，我都能看见里面的甜

原载河南《大观·东京文学》杂志 2022 年第 1 期

壹月

唢 呐

张林春

黄土坡，一朵
金色的长年不败的花
根植于土地深处
绽放在山川沟壑，农家小院

铜的心事，铜的愿景
一代人接着一代人传递
吹响，生命的悲喜
喜的时候，会笑
笑红天空的云
悲的时候，会哭
哭断山沟的羊肠小路

岁月，在手指间起落
一团燃烧的生活，照亮
黄土高原朴素的灵魂
演奏出乡村忠厚的面容

原载《长江文艺》2022 年第 1 期

爱是非物质文化遗产

张应辉

远古的一粒火星
一个温暖拥抱
猛兽攻击时的一次阻挡
一朵野花，一抹鲜红
爱是一种非物质文化遗产

直至物产富饶
爱情的浪漫被消费
在于视觉、听觉、触觉
我们虚脱成苦行僧
爱的意义简化成符码
心从繁复字体抽出
刹那虚弱，空洞

粘合的恋人站成雕像
热气蒸腾的鸣笛
末班地铁准点驶出黑洞
开赴春天，义无反顾
那里远离谢幕，爱在愈合

原载《泉州文学》2022 年第 1 期

壹月

画　虾

程立龙

画虾，不能用色彩
特别是红色
也不能有脊梁
尤其是挺直的那种

须应该长
要自由自在
伸向已知和未知
最好是鱼无法企及的地方

身体必须能伸能屈
钳，要又直又硬
给一身的柔软
细长的力量

原载《诗刊》2022 第 1 期

大柴旦情思

甘建华

离开西宁，一路西行
车窗外的风景不断地变幻
曾经是那样地淡定
缘何会如此纠结
岁月的记忆时而模糊时而清晰
真的有那样一个人吗
真的有那样一张笑靥吗

昙花开放的事物
似湖浪一般地退却
那青涩的时光
沿着倒淌河上溯，上溯
仿佛见到了汉中盆地的那株水稻
仿佛见到了青岛栈桥的惊鸿一瞥
仿佛见到了西宁车站的两行泪珠

暌违诗歌的日子
在南方浩瀚的星空下
行到水穷，坐看云起
今夜在大柴旦
却因为突如其来的一个名字
轻轻地念叨一声
齿有余香，却又
心如刀割似的疼痛

原载《伊犁河》2022 年第 1 期

壹月

母亲的名字

耿　翔

我能喊出，在野地里
摇曳着母亲的衣裙，手掌一样大小的
那些花草的名字，却不知道
她叫什么

我知道父亲，会怎么喊她
我也知道邻居们，会隔着土墙怎么喊她
她从山下走过，那些在山坡上
割草的人，怎么喊她
我也知道

只是他们之中，没有一个人
把她的名字，向天地喊出来

我也因此，知道母亲
像是一个没有名字的人
更像一个把自己，身体里的所有欲望
都丢掉了的人，她从哪里走来
整个人，显得很轻

只有到了，不再开口
把有些事情说出来，就会被埋葬的
晚年，母亲才害羞地告诉我
她叫什么

2022 年 1 月

甘　南

虎兴昌

到了甘南
你会忘记来时路
牦牛，草原最美风景
象征，牧民身价
这里天很空，除了蓝
白云在天边放牧

安静到无法
想象，走过草原的日子
一位藏族姑娘
盯着牛粪上蝴蝶发呆
多次起身
偶尔望一眼牦牛背影
她在想什么
傍晚，整个草原都将没入落日
蒙古包里灯亮了
夜风轻轻送来牛粪散发的奶香

原载《六盘山》2022 年第 1 期

壹月

沉默之水

蓝　紫

它在低处徘徊
填满每一粒泥土的罅隙
在我生活的陌生城市
在我的脚下潜行
然后在洼地，或湖泊聚集
流向大海
它以自身的柔软克服碰撞
克服不了的，成为波浪
那也是因为运动，或风在煽情
海啸，则是风也控制不住自己
它们在涌动与咆哮之中
碎成粉齑
而始终沉默的，是水
沉默是沉默之魂
水将万物纳入自身
或进入万物，从不需要倾诉
正如，从眼里流出，成为泪滴
的水分子，也曾构成海浪
也曾在平如镜面的湖泊里
倒影天空、草木、森林和你我的身影
那沉默与平静
似乎宽恕了人间所有的罪行

原载《黄河文学》2022 年第 1 期

潮湿的黎明

梁红满

无孔不入的冷，钻入袖口
稀疏的灯光，倒映着几颗残碎的星

此刻，我醒着
我把自己旁白成一首失眠的诗
心，如水般静

一缕缕清新，划过黎明的手掌
这个潮湿的清晨，所有的萧瑟
感伤，无法解读

秋声渐紧，秋风吹拂着旧人、旧物
方向专注着凋零，固执的意念
循环往复，一些旧事
像挂在柿子树上的灯笼

来了走了，火车筛选着黑豆黄豆
咣当咣当的轨道，缓慢抒情
天亮了，就在这一瞬间

我用一句，早安
描述着我的前半生

原载《浙江诗人》2022 年第 1 期

壹月

中国首金：短道速滑

黄亚洲

我注意到他们在面对记者谈夺金感想的时候
一个个，都哽咽了
其中一个泪光盈盈说，我们的每次训练
都是尽了力的，嗓子
都是带血的

让我透过晶莹的泪光，读出
下列年轻的名字：
范可新、曲春雨、任子威、武大靖

这几个名字在短道速滑转弯之时
几乎与冰面平行
这是两千米混合团体接力
速度撞上速度，意志撞上意志
他们围绕的圆心，始终是
梦想的坚持、四年的汗水、民众的热望、祖国的荣誉

看台终于沸腾
电视机前的中国，也沸腾了
我注意到，速滑队安教练的脸色却没有沸腾
他内心平静，只盯着每十分之一秒与每百分之一秒
他的队员们还没到终点，他就已明白
他们成吨的汗水，在首都体育馆
已经，如期凝固成了
坚不可摧的
金牌奖台

原载《光明日报》2022 年 2 月 6 日

岁 月

尚仲敏

我，一个掏鸟窝的少年
我真的喜欢爬树，我还喜欢
下河抓鱼，喜欢用自行车链子，和苹果树枝
自制火药枪，冷不丁，朝天打一枪
谁没有童年啊，中秋节，那个悄悄在我课桌抽屉里
放一个苹果和纸条的女生
坦率地讲，我把它们一起，交给了班主任
这是我一生干的最愚蠢的一件事
后来你就转学了，你那时多美啊
后来，在一次同学会上，我们都已面目全非
我是个老实人，轮到我发言
我说了一句老实话
我说，岁月不饶人，岁月可能饶了男人
但岁月从来不饶女人

2022 年 2 月

贰
月

蚊 子

华 清

在历史的缝隙间，到处是蚊子。

——西川：《蚊子志》

一只蚊子咬到了一口血。它咬得太急
呛了一口，并吐出了
一枚微型的气泡
它嗡嗡着，飞到路灯下炫耀
看，我咬到了罪证
所有庞然之物本身就是罪。于是
更多的蚊子涌来，将它咬过的伤口
再咬一遍，并做成山包一样红肿的标记
显示着吸血者的胜利与意义——是的
"在历史的缝隙间"，我说的
是最细小的夹缝。那里通常主宰者
不是英雄，甚至人类也不是
胜利属于嗜咬者，这就是
常态下生命世界的历史

原载《大家》2022年第2期

在大海对面

程 维

大海铭记不朽，那些葬身大海的英雄
不被大海吐出，紧紧拥抱大海的怀抱
因为知道大海懂得，对于天空来说
他们是渺小的，而大海知道他们的英勇
仔细收藏他们的荣誉，大海汹涌
仿佛英雄还活着，大海沉静不语
就像一直在思考，并记住海所包容的一切
我多次到海边，在晴朗与风暴之后
大海向我吐着泡沫，带着某种蔑视
我不是英雄，也缺乏勇气，仅仅是普通人
在大海对面，是亿万普通的人海
它同样汹涌并且喘着粗气，没有沉静时候
我们只记着生活、忍耐和黑压压的命运

2022 年 2 月 23 日

贰
月

布拉格之夜

高　兴

卡夫卡的手
搭在哈谢克的肩上
里尔克正用汉语朗读《秋日》
查理大帝宁可留在伏尔塔瓦河畔
也不愿回到金色城堡，子夜时分
莫扎特的琴声从黄金巷传来……
瞧，布拉格之夜，各种边界皆被打通
甚至当你从夜色中归来
开门的刹那，都会觉得有位公主在等
幻觉和现实已难以分辨

把所有的灯打开
布拉格之夜，光是最有效的护照
光站起身，光伸出手
光行起贴面礼，光跳起了探戈
光教你魔术、平衡术和炼金术

还是听听歌吧，反反复复
听同一首歌。布拉格之夜，
一首王菲的《寒武纪》
萤火虫样娇弱，又初雪般新鲜
飘荡在老城广场的上空，唤醒
一座又一座海关，在异域和故土间
筑起了一条条临时通道

2022 年 2 月

路过阿斯哈图石阵

北 乔

星辰降临人间
星光的重量触手可及
这一切发生前，时间一直与阴影相伴
坚硬的头颅不属于大地，正如
真正的世界在我们的想象之外

闭上眼睛吧，别打扰
这些石头的生活，以及我们未知的爱情
这里是它们的家园，也是千万年的战场
生活，无处不在的战斗
历经沧桑之后的残骸，唯一的本相

那些青铜悲伤的灰，与岁月无关
石头的内部，思想拥挤不堪
故事在旅人的额头上眺望
大风远道而来，野草们像士兵冲锋一样
追赶大大小小、形状奇异的石头

原载《诗林》2022 年 2 期

贰月

蔡 伦

蔡天新

他的祖上以打铁为生
却也懂得种麻、养蚕
用树皮、渔网和敝布
造出了神奇的蔡侯纸

更惊奇的是他的才学
满腹经纶、伶牙俐齿
最早从南方到了中原
成为皇帝身边的红人

他的故乡在舂陵水边
那是湘江的一条支流
屈原和杜甫一前一后
在下游的小舟上逝去

他的封地在汉水北岸
最后的归宿教人想起
助产妇之子苏格拉底
在沐浴后端庄地辞别

原载《诗建设》2022 年第 2 期

爆米花

鲁若迪基

侗家温馨的小院
摄影师姚本荣
见我在一台
老式爆米花机前发愣
很快劈了柴
烧起火
抓了些玉米
叫我亲自试试

这一试不要紧
一声爆响
里面竟然蹦出
年少时的欢乐
一颗颗
有点烧煳的爆米花
像脸上抹着锅烟
咧嘴笑着的小伙伴
从烟雾里冒出来

原载《民族文学》2022 年 2 期

贰月

柯鲁可湖

雨　田

强烈的阳光刺伤了我眼睛　无形的天空
在柴达木盆地流动　我无意识地注视着赤裸的你
猛烈的震颤使我的血燃烧起来　野鸭和不知名的水鸟
成群结队的扑向你　黑压压的牦牛和羊群也向你移来
我不敢用我伤口太多的手抚摸你秀发和皮肤
此时的我只能向着你身旁的红柳枝条仰望
我知道你是一匹狂奔在暴风和沙尘中的野马　如此深邃
而我丢失已久的内心却永远无法找回　我如此凄凉

那些曾经在这里流放的诗人认识你　谈论时
我不仅发现你玫瑰色的光芒　还发现你阴影的胸膛
也高高挺起　由此我的内心又多了一种忧郁　多了
一种难以治愈的疼痛　像搁浅的沉船无言无语
我站在你的面前闭上眼睛时　一种贪婪的欲望跃入体内
律动的血液升腾为一种旋律正溶解着我的疯狂
是你缓慢而又顽强的倩影将我的形象淹没在荒凉中
瞬间　我沙白的胡须变瘦　而你——柯鲁可湖的青春依旧

原载《鸭绿江》2022 年 2 期

鸣沙山

汪剑钊

赤足上行，脚丫一次次插入沙地
让敏感的皮肤充分感受冷热交替的节奏……

沙粒在豪放的苍茫中跳舞
仿佛摇滚的音符冲出了沉默的茧衣……

伴随每一阵干枯的风，时间拨动
月牙泉的弦线，汗滴在直射的日光下颤动……

登顶，我没有胜利的喜悦
而是彻底被沙山征服，跪下双膝……

远眺起伏的山体无垠的曲线
把双腿像两棵连体的树苗种进沙漠……

美，与美的姐妹，顷刻弥漫在我的视野，
与黄色相互映衬的一种天堂蓝，正在空中飘荡……

山脚，一队棕色的骆驼缓慢前行
清脆的铃铛声传来，融入似有若无的沙鸣……

原载《诗刊》2022.2

贰月

荒原上，那一万匹狂奔的马

冯景亭

窗外飘起了雪
荒原在新年的唱词里
脱着自己的旧衣
坐下来谈谈吧，谈谈
雪如何地落下，又如何消融在
这渐渐暖和的二月
春天就要回到人间了
我喜欢下雪，就像自己
被一双宽厚的手抚摸着
就像山川河流
愿意接受这身不由己的倾泻
我的这些喜欢
一如你喜欢看那白皑皑的雪压弯竹子
像一万匹狂奔的白马
在寂寥而暗淡的荒原上

2022 年 2 月

天冷了人们已不再飞行

杨佴旻

今天　自然就来到了
一百次的离去　铸就鱼儿的乐园

新房客带走了额前镶着蓝魅的少女
山水间　抛弃你关于暖冬中古兰经典的五色香草

景色在伸缩
在六本木温汤溢出习惯欲念的心湖

天冷了　人们已经不再飞行
一块德宁殿下腾空的紫岳
那是压缩的天塔
她驶过电车旁六号院里熟睡的兰德

她抓住了金鱼公主的尾翼
她说　这块乌云之外哪里还有问题

二月的春　等待着开放
不久前远去的冷风　迂回往返
枝头上吐露　是天门前的黄玉兰
与弧形地板上犀牛舒展着翅膀

她张大干渴的双唇　召唤着
吹响了鲍勃的萨克斯

远处闪耀的火车

和有鱼的水　清澈剔透

熟人们的话题是那只远行的大象

为什么要哭泣　她是在笑

在时光的一端

我行驶在法老战船的左甲板

2022 年 2 月

巴音河之恋

罗鹿鸣

将青春的影子反复掩埋
如那割舍不了的流水与河滩
祁连山的雪风偷偷来袭
将手挽手的痕迹封存于岸

河畔坚贞的杨树林
翻飞绿叶婆娑的爱情
热恋的滚烫语言
以黄叶的形态付之河心

冰雪里冻僵的巴音河
像一条蜕落的白色蛇皮
在德令哈的大野之上
仿佛一把坦荡光明的利刃

原载《巴音河》2022年2月号诗歌专刊

贰月

穿过云层就是满天星斗

曾春根

乌云笼罩的夜更像黑夜
就像日常叙事一样无足轻重
我所描述的乌云不仅在城市也在乡村
乡村的雨水比城市雨水干净
而我的居所却处于城乡接合部
这里的乌云与黑夜没有太多纠结

那座风雨飘摇中的小小村落
地基至构件有失幻想中的牢靠
经历分享了村落海市蜃楼般的辉煌
"范进中举"般出走的那几位村民
他们废弃在餐桌上的几副碗筷
几只花猫正在嗅来嗅去

春天种下的牵牛子未见攀爬开花
几株杨梅树与杨桃苗尚在幼年
经历了多雨的季节与滚烫的三伏
它们正在秋风中等待着严冬
几只鸽子下的卵陆续被黄鼠狼盗走
村落寂静，白云轻浮……

原载《新玉文学》2022 年第二期

我们走在无数个春天后的春天

龚　刚

灰蒙蒙的天空是一页被撕下的日记
拖拉机偏离修辞，把田园想象扔在后车斗里

天际线谦卑如大地
云层的裂口像一道闪电

油菜花默默采集阳光
未来在枯枝上寻找语言

我们走在无数个春天后的春天
没有马，没有吉他
催生万物的风
吹过我们，吹过所有年代

冻土变为沼泽
过去被过去覆盖

墓草，禾苗，不由自主地悲欢
都在一场终将到来的春雨里

2022 年 2 月

母亲的作业

戴逢红

母亲一手抱着小妹，一手挎着装满
作业簿的大竹篮，复式班两个年级
语文数学两种作业簿，加起来
有一百多本。母亲步子小但走得快
她要赶在天黑前，去菜园拔回萝卜和白菜
要去自留地挖回两箩筐红薯
要去池塘里洗尽泥土
要去水井挑回清水
她不仅要侍弄我们几兄妹的饭食
还要喂煮两条肥猪的熟潲
直到夜深人静，洗漱完并哄好我们入睡
在大地的鼾声里，母亲才能按着
酸痛的腰椎，用凉水擦把脸
然后在煤油灯下
搬出竹篮里的作业簿
此时，母亲的作业才真正开始

2022 年 2 月

当我老了，流尽最后一滴蜡

墨未浓

原来我不看镜子里的我
现在镜子里的我老是窥探我
我对这一切还是不屑一顾

有时候我洗一把脸要抬起头来
把镜子用手慢慢地抚摸一遍
这时候我看到水痕把我变得模糊

更多时候我是一架不知疲倦的机器
躺在床上还要做着运转的梦

有时候一觉醒来摸一摸自己的脸
感觉那份湿润好像已经很遥远

钟摆在夜晚的声响还是那么地急促清晰
和我的脚步一样地铿锵有力
那一天我看到细长的秒针在表盘里蠕动
那轻微的声响像是一声长长的叹息

当我老了，筋骨松软得没有了弹性
我的双脚会抬得很慢，慢得就像
一滴蜡烛，在流到原点的时候
紧紧地抱实夜晚和挺立的骨头

2022 年 2 月

贰月

饮酒记

慕　白

晚餐只有
男性

酒可安魂
手中握住的太阳
带火的水呀

皮囊用旧了
灵魂长满皱纹

谁让我皈依
获得一抔黄土
把此身静下来

2022 年 2 月

静坐塔克西拉古城

汤红辉

塔克西拉古城在巴基斯坦的一座山上
我们去时两军相约停火
只为敬重我们这些来自玄奘故乡的人

玄奘于公元 7 世纪来到这里
他在《大唐西域记》留下不少笔墨
城堡中有间残存的房子
当地人称为"唐僧谷"

游人离去
神鸟低飞
在唐僧谷门前闭目静坐　听见梵音缥缈
我是一个迟到的沙弥

原载《扬子江诗刊》2022 年第 2 期

贰月

诗歌就是生活

张　琳

这话是美国诗人
沃伦说的
他已死于 1989 年 9 月 15 日
我出生后的第五个月

我读到这个高鼻梁的美国人
写他去泉边
提水，他写到了傍晚的鸟叫

我突然感觉到一种饥饿
就像我刚刚出生的时候
渴望含住
母亲的乳头

2022 年 2 月

2022 年

中国新诗排行榜

造天工棚

张鲜明

造天工棚搭建在彩虹之上
云朵为瓦
光幕作墙
五彩缤纷的幼龙
是椽子和屋梁

鸟儿
借走这张图纸
用树枝
造出了自己的新房
虽然只是拙劣地模仿
其效果
依然很棒

贰
月

长江边

朱 燕

穿过一个村子，爬上岸，长江就在眼前
此时，心里有个句子

零星的小雨
江面开阔，雾气升腾
船只在繁忙穿梭

一阵阵起落的声音
涨潮
江水向岸边的小树林、芦苇丛漫溢

站在大堤上
有洞悉长江的小心思

——那永恒的美
仿佛与生我养我的村子
已没有任何关系

原载《扬子江诗刊》2022 年第 2 期

砧子与锤

祝发能

砧子问锤　你在捶我
还是我在捶你
你硬　还是我硬
他们之间的生铁
听到这　不经意间
现了镰刀的原形
而已锈蚀得差不多的我
慢慢地　回到矿山
与年龄和解　等待被重新发现

贰

月

祈　求

左　右

祈求，我所有的脚印，在许愿树下开出迷人的花朵
祈求，赐给我爱，我情，我疼
祈求，赠我一双可以疗伤的手，抚平母亲
脸上黝黑的皱。祈求
封我神医之名，医好父亲
常年劳累的顽疾。祈求
把我的耳膜移植到大姐失聪多年的耳朵里
让她听见自家孩子嘶叫的哭声
祈求，我所有饱受苦难的亲人
能在晴空下像神一样壮丽地活着
祈求，祈求我所有写过的诗句
在我醒来之后，都变成真的

原载《伊犁河》2022 年第 2 期

给　我

安　然

给我水
给我灵感
给我修建一座房子
没有春天的池塘

给我灵魂
爱
和野兽般的命运

给我——
比夜，还要辽阔的生命

原载《满族文学》2022 年第 2 期

贰月

返 乡

蔡 淼

这些年不断地种树，禁伐
把耕地归还给荒芜
动物家族开始从深山返乡
起先是一些野猪、兔子、松鼠
后来是果子狸、猫头鹰、啄木鸟
再后来绝迹十多年的各种蛇也回来了

但是我们的河道依旧越变越窄
新建的房屋迫使它们改道
这些年每回 一次老家
河道里的垃圾就越来越多
河道里的水越来越小
小时候河里水捧起来就能喝
现在河床上堆满了包装袋
我仿佛能看见在不久的将来
河水将用唯一的咆哮
夺回曾经的一切

原载《延河》2022 年第 2 期

剑 兰

周 野

一支剑兰悄无声息地垂下了头
这情景被我偶然看见
它的顶头并开着三朵粉嫩的花
腰杆上依次开着同样的花

在我转身离去的一瞬间
又一支剑兰垂下了头
垂得很重，有了回声
直至盖过了我心底的叹息

我注意到它之所以下垂
是因为它的腰杆虽已枯萎
但那上面花开如故
顶头几朵更是一种致命的悬重

不等我惊慌地伸出援手
又一支剑兰垂下了头
很快，只剩一支了
我记起这是她上个周末送我的

我眼睁睁看着花束颓去
直到泪水模糊了双手
不知剩下的一支还能支撑多久
现在到了它凋败的时候

2022 年 2 月

猛虎图

禾青子

从危崖峻岭的隐秘处
从雾气蒙蒙落叶窸窣的森林
蹚过布满鹅卵石的溪涧

它来了，脚踩草尖上的波涛
逼近人间的凝视
发生在轻薄而冰冷的画图中

兽王之眼，看上去无比敏锐
寻找身陷魔障的人
示他以一种咬紧牙关的忍耐

若退无可退
你不妨向前一步迎向它们
以体内的雷鸣去呼应那旷世的呼啸

2022 年 2 月 2 日

山里人

胡刚毅

山里的树呀是直直的
山里的路呀是弯弯的
弯弯曲曲的路是山里人走的

有时，山汉子对着高大的树发呆发傻
他们不愿做树永远站在冥想里
常常将痴痴的目光寄出山外
任朵朵白云把心事悠悠载远
当纷纷的思绪层层堆积天边
堆出一片彩霞堆出一个恬静的黄昏
这时，落日的瞳仁也在默默地遥遥相望

山里的妹子心细，三三两两
端一盆衣衫到七嘴八舌的溪边去浣洗
在青石板上杵出一串不歇气的笑声
沉默时，拾一片绿叶放进清清的水里
将渴望小心翼翼地搬上去
绿色的小木筏就能将山里的许多故事
顺淙淙的溪水撑出山外……

2022 年 2 月

贰
月

堆雪人

老刀客

落雪很冷，双手可以暖化它
一捧又一捧
复盘出心里喜欢的模样
乌溜溜的眼睛
来自夜间取暖的碳块
衣物是旧的，散发熟悉的味道

堆雪人，我大半个上午地忙碌
终于完成一件艺术品
刺眼的阳光下，再细细端详
心咯噔一下，帽子围巾是你留下的
怎么看，都像极了从前的你

2022 年 2 月

蝶　变

梁志宏

蝴蝶的价值在于蝶变之美
在于脱蛹而出，与花丛美美与共
我喜欢彩蝶飞上女孩们的
发际鲜亮成结，扮美了生命花季

蝶之美是超现实的
在无涯的灵视里百变翩飞
我想象二千多年前，庄周梦里
蝴蝶的样子；有两只竟然
飞进梁祝传奇成为爱情信使
更惊异一羽蝶翅能掀千里风雷

此刻我在植物园观赏蝴蝶标本
感受超越死亡的生命轮回

原载《五台山》2022 年第 2 期

贰
月

入夏仪式

卢悦宁

你来了
像是在为我举行生命的入夏仪式
一场可以作证
某种不可名状的东西
从此开始入不敷出的
小小的仪式

你来了
我重新创造了一个小小的自己
送给我尚未年迈的父母
推迟他们的彻底消逝之日
也推迟我和另一个人的

你来了
幼小呆萌得
像是跟我不属于同一物种
但你的蹙眉和哭喊
还是唤起了我对自己更大的爱怜

原载《延河》2022 年第 2 期诗歌专号上半月刊

一只蚂蚁触动了我的内心

罗启晁

小时候
我曾经玩弄过一只蚂蚁
我吐一圈口水把蚂蚁包围
当蚂蚁好不容易挣脱了口水包围圈
我又朝蚂蚁身上吐口水
直到蚂蚁在口水的海洋里挣扎到筋疲力尽

长大后
想起小时候的荒唐事
我感到羞愧不已
可我却无法找到那只可怜的蚂蚁
向它道歉赔礼

如今我经常听到有人说
"弄死你就像踩死一只蚂蚁"
我真希望说这话的人
早一天良心苏醒

原载《诗渡》2022 年第 2 期

贰月

这一天正是我经历的

田　暖

清晨的音乐是一阵阵鸟鸣
敲醒昨夜无可奈何的人

窸窸窣窣的钥匙声
仿佛正把"危"旋转成"机"

推开门，就是打开光的通道
飘过眼前的光，仿佛鸟羽

插在我身上，如同随遇而安的翅膀
抬头仰望时，眼前正有鸟群飞过

俯首看去，脚下的一只蚂蚁
终于跳出困住它的水珠

这一天正是我经历的，我们
天生都是不幸的终结者，幸福的开拓者

原载《山东文学》2022 年第 2 期

光 芒

徐柏坚

流星雨惊起天文台上空的鸽子
这世界的一刻
星光笼罩天堂的阶梯
照亮大地上的河流、芦苇丛
我们在黑夜里赶路
风低低地吹在荒凉的野草滩
一些枯黄的芦苇很高
而一些变低了
在黄昏，众多的鱼儿跃出大海
这些寻找源头的鱼
像山谷里一些野花
孤独地生长、凋落
无终点地远游
而山顶的落日似水流年
我在内心深处等待日出
尘世的天空
让你大地上的孩子
感觉照耀的光芒

原载《天津文学》2022 年第 2 期

贰月

独坐沂山顶

瓦 刀

歪头崮上，积雪未融
如白浪翻卷。坐在人间高处
独享片刻孤寂之美
尚能胜寒

时间，是尘世最大的骗子
凭借一只手表
凭借三根指针画几个圈
就轻松骗走了我的一天

落日，越来越近
似落荒而归的马匹
我一伸手，就能将它领回家
可我没有伸手
江山不稳，谁我都不放心

2022 年 2 月

祁连山大冬树山垭口

王福祥

从来没有登过这么高的位置：4120 米
与云为伴，有些飘飘然

高寒缺氧，这些干净的事物
包括雪。将祁连山和昆仑山的分界线
黏结成一片
前行的路明亮刺眼
我们只能戴上墨镜
对一部分光芒视而不见

把相机的光圈和速度重新设置
好让这片雪景慈眉善目

再用雪洗洗脸
冰冷的表情，让我瞬间清醒了很多

2022 年 2 月

贰
月

在江心岛，我想与一只鸟签署协议

林　萧

十步之遥，或者五步
最多三步，鸟必然起飞
空留我呆滞的目光
与怅然若失的仰望

此刻，阳光不紧不慢，徐徐降临
三角梅说出一年里最动人的告白
北江偶尔捧出几朵幽静的浪花

席地而坐，鸟鸣蛊惑人心
寻声而去，一只只鸟不断起飞
我终究无法看清鸟儿的容颜
也无法触摸它们光洁的羽毛
最好的场景莫过于此
我在草地上坐着，假寐
一只鸟或一群鸟在身旁的草丛觅食
翘动的尾翼保持着动人的警惕

在江心岛，我想与一只鸟签署协议
让我们消除距离的阻碍
以朋友的身份相处一场
我们互相交换赖以生存的空气和水
如同交换彼此的信任、语言
与同样卑微却顽强不息的生命

原载《诗歌月刊》2022 年第 2 期

傣寨的初春

蓝蓝的蓝

天空像未开尽的微红花苞
氤氲着春意的温馨柔软
枕着一溪流水
傣寨，在一首诗中醒来
悬浮在一片风上的鸟鸣
斜一下细腰，走上枝头
那袅娜，那娉婷
被凤尾竹轻轻一荡，就荡出七八个弯
仿佛很轻很轻的爱
绕上竹楼的台阶，从窗户漾开
一小片
一小片的羞赧

2022 年 2 月

贰月

转折点

周庆荣

圆形的球体上，人群欢呼他们会等来胸怀宽广的年代
而每天，在面对幸福和死亡的时刻，他们只能心胸狭隘
飞翔的是鸟，觅食的也是鸟。躲避弹弓和汽枪的也是它们
天空博大，土地辽阔
人群的心思却越来越缜密。东篱下的菊花还没有开放，你不悠然，我不
悠然，他们忙于找到南山
年代围绕着圆形的球体转动，每一个瞬间都需要严肃对待
心胸狭隘是有理论依据的，生活的乱麻需要慢慢理顺，心无旁骛约等于
只能自顾
也会经常想到在理想中丢掉的那部分，就不停地望着窗外
世界辽阔的时候，我的狭隘开始具体

原载《作家》2022 年第 3 期

春　日

梁尔源

春风的小手
牵着孙女的小手
整个世界都显得娇嫩嫩的

她折了一根发芽的芦苇
心生疑惑
为什么人死了
不能再发芽

我折了一根长满新芽的柳条
编成一个圈
戴在头上
春风开始给我醍醐灌顶

忽然，那不知所措的春光
发出尖叫
"爷爷，你的白头发
也发芽了！"

2022 年 3 月 20 日

叁
月

苏曼殊

丘树宏

总以为
你半痴
你半癫

其实
你一直
苏醒着

你只是，在
一条曼妙的曲径
走着殊特的人生

2022 年 3 月 12 日

2022 年
中国新诗排行榜

国家的孩子

萨仁图娅

一棵棵草一株株萨日朗
一群群马牛又一群群羊
再加上我的无边联想与想象
便是一片广阔牧场

草原上的三千国家孩子
来自祖国之南之西四面八方
是额吉的帐篷与勒勒车
把一个个飘荡的童年安放

云朵一样的牛羊
白莲花一样的毡房
草原的孩子未开的蓓蕾
在大草原上孕育绽放

喝了草原奶茶会陶醉
听了长调牧歌跟着唱
大草原上的国家孩子
跨上骏马追星逐梦向远方

2022 年 3 月

叁月

花　期

王黎明

撒手人寰——哪管前世的肉身
化作尘埃。在泥土中长眠

春天来临——种子爆裂的声音
把做梦的小鬼吵醒……
有的翻动身——继续睡去

有的还要沉睡很久、很久
等待下一个轮回……

有的急于投生——附身于万物生灵
有的想早日看见来生
——哪怕来生又是暂短的花期

原载《青莲阁文学馆》2022 年 3 月 13 日

铁佛寺的梅花开了

萧 风

铁佛寺坐落于湖州市劳动路，为浙江省重点文物保护单位。该寺始建于
南朝梁天监年间（502—519），因寺内有宋铸铁观音像和两株六瓣古梅而
名闻遐迩

一朵梅花，叫醒了春天。
十万朵梅花，叫醒了沉睡千年的光阴
一朵朵梅花在层层叠叠的枝头打坐，她们都是听过经的居士，心怀善念
面露微笑，迎候着慕名而来的有缘人
风吹过，一片片飘落的花瓣，像洒了一地密密麻麻的经文
此刻，阳光漫过大雄宝殿的瓦檐，为两株古梅披上金灿灿的袈裟
阳光纯净，梅香纯净，赏梅的目光也是纯净的
我听到，每一朵花蕊里，都有阳光淙淙流淌的声音，那是她们经年不倦
的诵经声
阳光沐浴寺院，也沐浴着每一颗虔诚的心
在铁佛寺，每一朵梅花皆有禅性，她们心中都供养着一尊慈悲的佛
面对满树梅花，我双手合十，一颗浮躁的心开始安静下来，尘世间的悲
喜与苦乐，如袅袅青烟隐入风中
我感觉，尘嚣渐渐远去，灵魂在一缕梅香里缓缓飞升……

2022 年 3 月 8 日　聆月楼

叁月

镜子是有记忆的

徐丽萍

镜子是有记忆的
只不过是　它把这些记忆催眠
在一个虚无的境界
那些动态的　静态的生活
它们色彩丰富又活色生香
镜子无所顾忌地穿行在
现实与虚幻　记忆与失忆之中
它小心翼翼又大胆狂放
温柔腼腆又风流倜傥
激情澎湃又冷若冰霜
镜子无所不知　又一无所知
镜子是有记忆的
只是它不显示给任何人看
它映照现实　又背弃现实
它抽空一切声音或形象或味道
把自己变成一面　与人无害的空镜子
一边捕风捉影　一边稍纵即逝

2022 年 3 月

2022 年　中国新诗排行榜

镜中一生

陈新文

旷野开了一朵花
镜中一定在开
另一朵

窗前闪过一个影子
镜中为什么不
香气弥漫

站在镜前
迎面撞上
一个无法抵达的自己

镜子映照着我
这世界即时拥有了双份孤独
以及其他

面对镜子
我想象已做好
一切加倍奉还的准备

原载《诗刊》2022 年 3 期上半月刊

叁月

祖　父

廖志理

昨晚
祖父又塞了一把花生给我
催促我快点去村小
上学别迟到
而手里的那捧花生
忽地发芽

今天来到祖父的墓前
他让一山的桐子花都开了
他让一朵花落在我的头上
让另一朵桐子花
落在我的膝前

2022 年 3 月 16 日

2022 年　中国新诗排行榜

花 苞

王 军

天气渐渐暖和
柔柔的风轻轻地吹拂着
大树上、灌木丛里
青草地……
长出无数的小花苞
小鸟接到指令
啾啾啾——
一声令下
阳光赶紧把时光的引信点燃
花苞顿时炸开
一个万紫千红的春天

2022 年 3 月 1 日

叁月

伯父之死

邓　涛

伯父说男人的世界是在外面
他走过很多地方
伯母拴不住他
孩子拴不住他
家拴不住他
现在一张床拴住了他
他说想死
一个想死的老人注定会死
舞台是撑起来的台子
床也是
他说死在床上像死在舞台上
舞台有聚光灯
床没有
唱了一辈子的戏
只有这一次
泪水是自己的

　　　　　　　　　　　　　2022 年 3 月 14 日

红指甲

谭 滢

伸出手，五个红指甲如
一朵花的盛开。洁白的指柱上
猩红的指甲
如五个个性迥异的舞者
着盛装，踏节律，前伏后仰
一个兰花指，便是它们最好的形状
一个孔雀的头，栩栩如生

一双手，随意交错
便会派生出鸟兽的意象
玲珑的手指舞，比腰身
更曼妙
它给你带来的惊喜，远远
超出了一双手本身

静下心来，端详一双手
如同桃花朵朵盛开于眼前

2022 年 3 月

叁
月

茶联村

唐德亮

茶联坐在云端。云海是它的故乡
十一月的瑶山不见茶花
只见累累的油茶果　咧嘴龇牙
无声地爆笑。油油绿茶
漫山清香
山风强劲。阳光慵懒。鹰隼出没
文化室昂立寨门。出入者皆沾几缕
文化的芬芳
新矗水泥楼蹲在闪烁的光影里
常瑞山庄，云上瑶家，休闲民宿
文化广场，特色村寨，森林康氧吧……
新观念催生新瑶寨。新名片
刷亮新瑶山。古老的八音
与粗犷小长鼓　奏响天籁
淹没十一月的寒流
盛装瑶勉　舞动群山
奔跑的歌　融入白云
擦亮鸟翼。在诗声的陶冶中
瑶山，正谋划一场新的
蝶变

原载《光明日报》2022 年 3 月 11 日

或许，刀客已远去

吴光德

连同那一匹马
和飞扬的长发
都隐于江湖
但那沽酒还在
刀，也在
刀背的光芒亦在
有一树桃花凋零
就有一树梨花泛白
就有，一树的等待

2022 年 3 月

叁
月

喜欢听

吴捍东

喜欢听　产房里新生婴儿的阵阵哭啼
那哪里是哭声
那是生命花蕾绽放的炫丽
喜欢听　教室里孩子们读书的琅琅声
那一句一句的词语
植入孩子们的灵魂里
喜欢听　绿荫场上疯狂地呐喊
那是青壮年最好的姿态
喜欢听　晨曦下萨克斯悠扬的旋律
那是大叔闲暇之余最美的样子

喜欢听　大山里潺潺的溪流
明净地流过我的心里
喜欢听　天空飞过的鸟鸣
每一个音符都将我的平静唤起
喜欢听　夕阳落下后世界的宁静
一点点的轻音都令人欣喜
喜欢听街道上的车来人往声
喜欢听乡村田野里的鸡飞狗跳声
喜欢听此刻电脑键盘的敲击声
传递给我们彼此遥远而又贴近的信息
在这个东方文明筑就的伟大国家里
让我们深情地祝福和祈祷美好的和平

2022 年 3 月

吸铁石

杨章池

薄薄的桌面上，图钉

钉书针和细铁钉

在惊呼中追逐

横冲，直撞

进攻闪避都笨拙

一会儿，紧紧拥抱

一会儿又触电般推开彼此

像是在作战，又像在爱

哦，课间游戏，击垮了我们

又重塑着我们的

那看不见的力

操盘手超明从抽屉里

抽出手，扬起黑石头——

那胳膊的弧线划过 40 年，停在此刻

"吸铁石"三个字从这张旧报纸密集的段落中暴起

溅入我眼，说它

从没离开——

一个逝去时代依然

搬动着它空空的白云

依然从攒动的人头中调动着他们

童年的那部分

集结着那越来越稀薄的

沉浸和迷狂……

原载《江河文学》2022 年 3 月号

烟雨江畔

左　清

山矗立像玉的屏障
远近的树发着新枝
处处是片新绿景象
雨后更显得清奇

2022 年 3 月

雷同的故事

小 曼

我索取了一个额外的拥抱
如同拥抱了远方的草原
我的眼睛湿了

意料之外
爱情
突袭我苍老的生命
车窗外，繁花似锦

如履薄冰的五十年
我已是满身泥泞

冷眼旁观
这个美丽的世界
你和我，像不爱那样
爱着彼此

2022 年 3 月

叁
月

崖畔畔上的花

徐祯霞

在我家屋子的后山上
有一朵美丽的山丹丹花
开在高高的崖畔畔
凌空而生，旁逸斜出
绽放着娇人明艳的芳华

一推开窗，它就跳进我的眼帘
像一盏高倍的聚光灯
深深地将我的目光牵引
予我以诱惑，让我忍不住采摘

花儿很美，很是娇艳
可崖畔畔也很危险
少树，少草木，也少藤蔓
要采到它确实很难很难

我瞧了又瞧，看了又看
最终放弃了这个打算
如果它无法成为我的瓶中之物
就让它永远绽放在蓝天

原载《诗歌月刊》2022 年第 3 期

2022年 中国新诗排行榜

未曾谋面的青海湖

谢雨新

因为喝醉了酒
我们没能看见，
比天还纯净的海
比云彩还纯净的牦牛

也是因为喝醉了酒
我们用汉语和藏语高唱
"希望见到的人
都是神一样的人
善良的人"

如果下一次再来到这里
而我们并未醉酒
那时，我不会说出任何悲伤的话
只会说——我们喜欢听的话
那些被老天爷眷顾的话

原载《诗刊》2022 年 3 月上半月刊

叁
月

直到风停止舞动

宗　晶

风大，烟刚蹿出来就散了
公园里那些散步的人也散了
挂在枝上的红绸线
最执着。你看它
绕一圈，又一圈
憨厚得像个初恋的少女

直到风停止舞动
阳光来了，它才停止抒情
像一道护身符
写满密语

原载《海燕》2022 第 3 期

乡村小景

谭　明

那丛花没有停下来
它还在开。我不是它的粉红
我是树枝的青或者白
小姑娘从花下跑过，如同一则
会飞的童话
金黄的油菜花田，在远处
像庞大的镜子
老往这边照。天空一语不发
路却走香了
有溪水，淡淡地绿着，绕花而过
有细鳞的鱼，像一些
银亮的新词，在水中的枝条间闪烁
这时，戏剧人物一般的外婆
正在斑驳的小石桥上经过
扶着她的春风
领着她一阵小跑
仿佛乡村黄昏，一左一右地颠

2022 年 3 月

叁
月

芙蓉镇

唐江波

故事情节是相似的，芙蓉镇只是个地名
一千年前和一千年后的爱情是相似的
而春天的雨和秋天的雨却不同
天空是蓝的，但和大海的蓝却不同
树木也是，葱郁的榕树充满活力
却再也长不出秦汉的叶子

我喜欢街边摇曳在风里的酒旗
它像是芙蓉镇孤独的灵魂
沿着古镇行走
被孤独留下的还有一口古井
阳光的折射，温暖着四季的甘冽与褪色的鸟鸣
芙蓉镇的黄昏充满神秘
它让飞流的瀑布变得柔软
让爱情不再受伤

在古镇一隅的茶肆
可以独享一杯茶的清香
品味古镇的幽远
被时光放飞的传说落到一朵桃花上
花朵有时被露水打湿，而石板路
却被世俗压于低处

2022年3月5日

细小的事物中藏着不为人知的秘密

唐益红

细小的事物里藏有不为人知的秘密
在我熟悉的地方，它们毫无顾忌地怒放
因为小，它们块垒在胸
不必在意心跳的加速
因为轻，它们不懂得囤藏自己
密密麻麻地进行着排列组合
或者还能找到一群相似的人
一起去制造一些喧嚣的风暴

我喜欢它们健步如飞、呼朋唤友的样子
我喜欢它们在暗夜里睁开又闭合的眼睛
黄沙掩上来，阻止不了它们
罡风吹过去，拦不住它们
即使是快要消亡了，也死不肯认输
抹着眼泪合着哭声，叫一声，应一声

万物中都深藏不为人知的秘密
它们的存在提醒着我们忽略的曾经
只是其中最细小的那一部分
充当了最重要的角色

相对于它们，我羞愧难当
我自认也有着不可告人的隐疾
有误入激流的惶恐、生活中的某些伤痛……
只是这一切，现在已经被它们一一抹平

叁
月

而我却毫不领情

我喜欢这些细小的事物
它们发着光，像秘密一样明晃晃地存在
——让我们不敢直视

原载《湘江文艺》2022 年 3 期

浩气长存麻栗坡

尹　坚

背靠巍峨的磨山
面向清澈的畴阳河
占地五十余亩的麻栗坡烈士陵园
造型如一面迎风飘舞的旗帜

从山脚到山顶共二十一排
九百六十位烈士带着血染的风采
从弥漫的硝烟中走来
他们中最大的三十五岁最小的十六岁
平均年龄不到二十二岁
百分之九十九都没有结婚

鲜艳的红旗在风中猎猎作响
群山中树林里
两军较量的枪林弹雨中
他们把自己献给了脚下广袤的大地
每座墓碑都有一个荡气回肠的故事
每个故事都涤荡人们的心灵
他们的英名与日月同辉

火红的木棉花
见证了他们的无畏与牺牲
整齐列队的一座座墓碑
犹如手握钢枪无言的将士
依然驻守着祖国的南国边陲
他们的英雄事迹
功垂千古彪炳史册
与江河同存

原载《解放军文艺》2022 年 3 期

身在远处

李茂锦

已是阳春三月
长安的玉兰已开
党河的春水荡漾
岸边的杨柳正欲垂青

花乃慈母之名
温润如玉慰人心
水乃生命之源
让绿洲儿女健美

身在远处望阳关
天各一方不同天
鸟飞得再远再高
故土亲情总也隔不断

春夜在梦中
鸣沙山下的杏花开了
粉白如霞般缤纷
杏花仙子翩舞迎宾乐

2022 年 3 月

嘉峪关的燕子

胡 杨

一直在飞
像一道黑色的线
像要把一座偌大的城楼绑住
站在那里

一直在飞
像是一群练功的舞蹈演员
自己练自己的

跟城墙、楼宇、游人
无关

可人们都看见了它
大声说
瞧，燕子

它们，比一块砖头更沉重
比一座关口更轻松

原载《时代文学》2022 年第 3 期

叁
月

曲水流觞

海 岸

魏晋三月三，文人雅士滨水会聚，诗酒酬答
江渚池沼间漂浮起一杯酒
流水成曲，恰如弹拨一根弦

荷叶托着一杯酒，浮水而行
流到谁面前，谁就得一饮而尽
即可赋诗一首，此曰流觞

王羲之，写下《兰亭集序》时年47
从容不迫，凝神气盛
被后世尊崇"天下第一行书"

初唐三月三，诗人王勃才华横溢
在绍兴云门寺仿效兰亭雅集
一年后北返，不幸坠海而亡

千百年后，白话诗人再聚兰亭
以文会友，以诗交心
饮酒咏诗之雅俗盛传不衰

曲水流觞，任觞波行何处
看似随波逐流，实则随遇而安
曲水中流转的不仅仅是羽觞
而是一腔诗情豁达无比

原载《江南诗》2022年第3期

逐梦的初夏

海　棠

前两年，我还是沉默的羔羊
能爱上一切——
山坡，白云，青草
今年，我的情绪里
住进了一只狮子
突然就不会爱了
当群狮撕咬
新添的几根头发
再也藏不下一个少女的春天

原载《诗选刊》2022 年 3 期

叁
月

躺　平

高　伟

去大草原上躺平
去大海边躺平
在月光下躺平
风抬起大地的四个角
仿佛四个爱人抬起我走动
去山上开出来的闲花里躺平
明天和来世哪一个先到
无所谓
它美如恐惧　妖如塞壬的歌喉
我说的是地球上的雅丹地貌
我要去那里躺平
带回来一身故事

我已来到了这一天的腰际以上
余下的日子　躺平是不可怕的
可怕的　是我没有在爱里躺平

2022 年 3 月

2022 年
中国新诗排行榜

城市里的树

高自刚

公园里，一个小孩
看着一排粗壮的槐树说
爷爷，这些大树怎么没有枝桠
也没有树梢
只长成一个树桩

爷爷叹了一口气，说
因为它们的根不在这里
在大山，在故乡

我也看着这排粗壮的槐树
感觉，特像我自己
这些年，一直飘在风中

2022 年 3 月 12 日

叁
月

不是鬼使神差的一场浩荡大雪

茶山青

已是三月第二十四个日子
热起来的云南一方
有一场震撼心灵的雪景
千树万树梨花开
根本无法形容
放大十倍二十倍
也无法估量这样一场壮观
亲爱的，今天不来看
最近三五天来
还来得及，再过十天半月
鬼使神差的浩荡大雪
千亩万亩十万亩大雪景
自己不想散场
热性子火爆的苍天
也会抓起来收场
让场面给一统天下的绿色

亲爱的，你来，跟你来
坐着车子跑来
千人万人开车来
钻一条峡谷
进入雪落重重大山现场
十道山梁十架山坡
十个山坳坳，都是雪
白茫茫几十里
仿佛就是苍天杰作
抓起一卷卷白云
来这里一口气抖尽白雪

2022年 中国新诗排行榜

耳听总是虚，眼见才为真
真是万亩十万亩梨花
不是鬼使神差
铺天盖地一场白雪
真是朵朵含芳树树梨花
藏在巍山县境
羊脂玉一样的花世界
马鞍山的表白
是万千彝族儿女万千心意
种植在山的土地
长在云的梦里
在年年三月浩浩荡荡开放
虽自己从来不声张大洁大白
这些年也有外人发现
也有万千采风的
有雪狐转世的妩媚女子
有爱素的花痴
前者来了抓拍晒美
后者来了，醉倒梨花雪魂里

原载《国际诗歌翻译》2022 年 3 月号

叁月

入海口清淤

陈波来

金属的嘶吼响彻入海口
额外一份秋凉，潮水为之低落下去
这是难得的清淤季，是入海口
卸去经年积重与沉疴之时
会有更宽敞的胸怀，抱住更多避风的船
会有更深蓝的海水涌入，带来
更多密如繁星的鱼群。现在我们
听任挖沙船黑黢黢的挖斗粗暴地深入
灯影中如绸缎柔滑的河水
不停绞动的钢索吱吱作响，一股猝然之力
从水下，从我们习以为常的迂缓中
一点点掏出陈腐破旧的河床
现在一阵海风扑面，我们和入海口
同时啊啊地喊出声来

原载《福建文学》2022 年第 3 期

当归记

白公智

冬至以后，故乡面色苍白
小雪覆盖一层，大雪又覆盖一层
古槐守望的村口，炊烟飘袅的老屋
白发倚门翘望的远方——

故土严重贫血，急需当归
清炖滋补。不要归头，或归尾
唯有归身，才可益气温脾，活络补血
而当归，未归，还流浪在外省的矿山
工地、街头、车站……绿皮火车
像一条虫，在慢慢蚕食绿叶、嫩枝，寸草心
火车每挪一寸，故乡都要
疼痛一次，默念：当归，当归——

原载《延河》2022 年第 3 期

叁
月

夜　色

赵宏兴

夜里醒来
听不见笙歌
只听见远处
汽车驶过的嚓嚓声
日子仍在新年之中
但心态已旧
想想那些
爱我的人和我爱的人
把灯关了，躺下
眼睛闭上似乎就要睡去
但忽然又睁开
翻身打开灯
满屋的寂静
夜已没有了黑色
待春天到了
我要出去走走
我需要大地的广阔
高山的雄伟
或者在一个小山村里
看霏霏的雨水
落在碧绿的青草
和细碎的小花上
我的内心
也需要一场阔大的滋润

2022 年 3 月

一只蝴蝶

王霆章

春天来了，蝴蝶醒了
蝴蝶穿过柳叶间的缝隙
和阳光一起进入我的诗歌
我的诗歌因此柔软
每个字都像一只蝴蝶

正午，我用手掌迎接春风
她们从四方向我围拢
御风而来的蝴蝶
煽动着比喻的翅膀
扇动着江南溪水我的心跳

青草与麦穗之间的泥径
零星有花儿的语言
蔚蓝的天空下
一只蝴蝶
就可以压倒整个冬天的嚣张气焰

格桑花开啦
春天来了
蝴蝶飞呀
蝴蝶落在你的发髻
你是我诗歌中唯一的美人

2022 年 3 月

叁
月

应许之地（节选）

吉狄马加

哦，火焰！一千年智慧的集散地
曾被你照亮，从父亲传授给儿子
怎样去迎接生，还要如何去面对死
让母语鲜活的词飘浮于永恒的空白
唯有火光能让围坐在四周的人
真切地看见那些黑暗中的东西
然而在这数字化的居住区域
能提供的并不是差异的需求
抽象的人将完全主导这个世界
在钢铁和水泥搭建的混合物中
新的材料在塑造未来的家园
如果还有讲述者活着
他的眼睛将面对滚滚而来的太阳
像他们的祖先一样向万物致敬
他的声音在此刻是唯一的存在
音质的骨骼支撑着光亮的天际
因为他的召唤，河流被感动
群山的肃穆超过了任何一个时刻
每一个生命，那些微小的昆虫
也会集合起自己的队伍
赶去参加一个只为生命准备的仪式
今天的召唤者并不是毕摩
那完全是他的召唤，从这网格编织的城堡
找到了一条路，尽管这条路并不通往
我们消失的那个传统的世界
他却让我们看见了久违的穿斗结构的天宇
以及神话中巨人的木勺

原载《十月》2022 年第 4 期

野蔷薇

梁　平

路子野的蔷薇很有脸面
相忘于江湖都难。只需一次邂逅
三千里江山失去颜色
季节、时令徒有其名，枝条与绿叶面目全非
成雾、成幻象，在身后不可名状
陪衬已是多余，野性的红未知来路和去处
圈养不可能，索性撤掉篱笆与栅栏
随她自立门户，野得痛快淋漓

2022 年 4 月

肆
月

111

雨　神

侯　马

昨天傍晚
呼和浩特上空
来了一个走钢丝的人
他往这边晃晃
就飘洒雪花
他往那边晃晃
就垂落雨丝
他立在正中
雨夹雪
就纷纷扬扬
尽管到了清晨
他给城市铺了层冰霜
布谷鸟仍然发出了
第一声鸣叫

2022 年 4 月

新疆大雪

彭惊宇

这盛大的雪景令人惶惑、惊疑
好像那白化而绝迹的新疆猛虎
又以王者的脸谱、吼声和喷沫
迎面呼啸着奔扑而来
这愤怒的雪，这狂暴的雪
仿佛要用它旷世的激情和白化的魔力
扯下弥天漫地的雪雁的翎羽
好大一场雪呵，白茫茫的人世
让我再一次陷身于伟大的迷途
嗓子喑哑，喊不住皮影似的行人
高天仍在远方堆积它威严的白英石
而那横向的风雪，就要将我拦腰吹折了
无杖可依，此刻我竟快慰于
这顶逆、这踉跄、这对搏
快慰于那无数宇宙尘埃般的雪粒
击打在我貌似宇航服的冬装上
并发出沙啦沙啦的美妙音响

丰年好大雪，是哪一部戏剧里的唱词
谁的脸庞露出了农人和孩子的欢笑
浩茫的雪仍在加紧覆盖我的边疆
覆盖天山南北的城乡、道路和原野
长途大巴客车正裹挟着白毛风
高高车顶的行李架，披满逆境的霜雪
仿若骑士的白斗篷，仿若兀立的苍鹰
在渐行渐远的雪幕上，灰蒙蒙地远逝……

原载《民族文汇》2022 年第 4 期

磁悬浮列车

谢克强

没等我诗的想象
悬浮在磁悬浮列车上
悬浮在铁轨之上的列车
骤以一束激光　射进
夜的深处

这以光的速度呼啸的列车
惊得苍茫的夜色匆匆躲闪
躲闪不及的灯火
慌忙躲进苍茫的夜天
与星星絮语

只有我安稳地坐着
借光的速度与悬浮的节律
赶赴一场诗的约会
在黄花机场　有诗友
悄然等候

来不及回眸
长沙南站早已远远抛在车后
尽管我安稳地坐着
可我悬浮着的诗的想象
正展翅追着光的速度

真好　坐了一趟磁悬浮列车
就有了这首小诗

原载《诗刊》2022 年 4 月上半月刊

不系之舟

庄晓明

我的桨
不断地汲水
以使舟浮起

它在沼泽、沙漠、石头之上划去
后面随着
潺潺水声

无论穿越大街还是虚无
我都保持
水的惯性

当它划入一页白纸
白茫茫的水
便突然下沉

原载《上海诗人》2022 年 4 期

肆月

美好的事物终将走到一起

毛江凡

挣脱了武夷山
挣脱了血木岭
挣脱了怀玉山
挣脱了大庾山、五龙山
挣脱了九岭山、幕阜山
赣江、抚河、信江、饶河、修河
从五个方向，朝着同一个地方
一路奔流，未曾停歇

日月经天，江河行地
终于，它们汇聚于浩瀚的鄱阳湖

我的爷爷生前说，好人最终会走到一起
大地上的河流也是

原载《诗江西》2022 年第 4 卷

纵　横

卢卫平

我一介书生
性情柔弱
悲天悯人
我只在写别人时
常用纵横驰骋
纵横捭阖
纵横天下
这些与纵横有关的词
我第一次为自己
用到纵横这个词
是一年夏天
我在一座城市迷路
这座城市的立交桥
纵横交错
让我分不清南北西东
写这首诗时
我再次为自己
用上纵横
想起半世的风霜
岁月的犁耙
在我脸上留下
一垄垄皱纹的沟壑
我老泪纵横

原载《草堂》2022 年第 4 期

清明，祭莫埌山

王　谨

纷纷扬扬的清明雨
擦拭着先祖故人的墓碑
也渗进梧州莫埌山那片山林
慰籍那 132 位无辜遇难者

生命之花曾开在机舱
他们中有牙牙学语的婴儿
有享受天伦之乐的为人父母
有等待披婚纱的新娘
有春风满面的空姐帅哥
有怀揣梦想的青年俊才
有各界精英在机舱憧憬美好生活……
他们来不及向亲人告别
鲜活的生命之花，瞬间同 MU5735 一起煙没

可以想见惊悚瞬间他们的神情
令人痛心他们离开时只留下记忆碎片
莫埌山汇集着全国同胞的牵挂
泥泞里和着他们亲人的眼泪

莫埌山已化为巨大墓碑
132 位灵魂安息在春天
清明雨无异于痛悼的眼泪
生命轮回长出满山的鲜花植被

写于 2022 年 4 月 3 日

2022 年　中国新诗排行榜

从大海中提炼一些细节

高作苦

从沉船中，打捞你尘封的消息
芳香袅袅飘散

多年前，路过的你
多年后，哭泣的我
拥有同一张憔悴的面容

浪淘沙，惊雷无痕
从涨潮中，提炼你弯曲的航线
退潮时，你卷走了人间千堆雪

那些射向你的箭镞，最终
被大海的苍茫所容纳

古往今来的浪花呀，今晚
我再也提炼不出大地的喘息

原载《草堂》2022 年第 4 期

肆月

谷雨的世界

弭 节

有了谷雨，才有一年的世界
湿漉印染出绿色的油画
南方的田埂两侧开了花
连接成天边最柔软的那片海
蔓延成一个人的天涯

记忆中故乡的田野
夜深的蛙鸣惊醒红尘的醉眼
小池塘旁空留着少年的钓竿
水面振出波纹，行囊沿着铁轨
流浪在追寻的旅途

时光被太阳分割成小块
人们总是想在深夜里把人生缝成一串
蒸腾的日子里，白云舒卷
列车无情，呼啸而过
不曾留下呼唤的背影
藏在地下的植物生长，又是一番光景

2022 年 4 月

黄河故道

格 风

能让史书记上一笔
或一笔带过的，掘地三尺，必有传奇
譬如下邳
大师说
邳是鸟类符号

黄河故道。有人逆水而上
有人顺流而下
仿佛真有一只巨鹰
古老的地名
在天上飞

在鹰翅下俯冲的
是马蹄
是黄河夺泗
抹去所有历史细节的泥沙
是灾难过后的
大寂静
鹰在哀鸣

下邳国的图像记忆
时间分为三层
鹰是一层
悬河是一层
我们在最底层

原载《诗刊》2022 年 4 月号下半月刊

理发师

胡少卿

有好多年，我都去同一家理发店
找同一个理发师理发
他跟我一起慢慢变老了

这个理发师，他难道要
一辈子终老于这家理发店吗
穿戴着一所房子
在这十字路口，绕着圈迁徙

即使这样，又有什么可诧异的呢
我不也是待在同一所学校
穿戴着校园
像系着围裙的骡子
终老于磨旁

2022 年 4 月 13 日

2022 年 中国新诗排行榜

人生如茶

或 蛇

饮下一杯月光
此时你是否仍然风华正茂
留住一味醇香
个中早已充满了思念的味道
穿过你独有的雅韵
让叶和水在交融中随心缭绕

静心，浓郁或清淡
茶香会带你走进某年某月
翻开一页页谁的故事
是她让你一次次饰演剧情的主角
曾经渴望以禅意吟诵的诗句
是甘润温暖那份彼此之间的祈祷

细品一盏清茗
再次缠绵尘世的江南春色
不去临摹你的典雅
每人都有属于自己的缘分信号
借尘世最清纯的话题
尝尽一杯沧海中依然清幽的味道

2022 年 4 月 1 日

肆月

三道营遇雨

温 古

天空深处的雷霆，大地深处的石头
树枝上累累的果实，公路上负载太重的马车

乌云驮不动的雨，田野收不回的庄稼
草地上滚滚的畜群，秋风起处
上帝需要一支闪电的鞭
我需要一支笔，以驱赶
岁暮日子里泥沙翻滚的洪水

原载《特区文学》2022 年第 4 期诗专号

生长的建筑

谭　杰

顺着铁架往上
建筑工人把粗细不同的钢筋绑在一起
朝着太阳的方向
他鞠躬多次
像一次正式的抚慰
他放下言辞
默默地看着
这些裸露的钢筋
有一刻
他仿佛回到了母体
包裹他的
是一层将比母亲子宫
更加坚硬的混凝土

原载《福建文学》2022 年 4 期

肆月

驻 守

沈秋伟

诗人没学会什么本领
只学会一门武功秘籍
他是语言的驻守者
举着爱与恨的火把
举着形而上的旗帜
他驻守意义的边关，修炼成界碑
驻守城市，轻打五更钟
驻守乡村，与植物一起拔节
驻守美人梦中，听海棠浅笑
这是他所获的最高奖赏
是的，这枚海棠浅笑
约等于海伦那枚微笑
世上仅此一枚
从荷马开始，单传至今

原载《浙江诗人》2022 第 4 期

察雅，在岩石上刻下你的名字

陈跃军

一个人，一块岩石
用一生修行，把一个美丽的
名字，刻在时空记忆里
烟多寺的钟声，敲醒了一个个梦
打起行囊，我又一次出发

罗荣沟，一堆石头议论纷纷
它们在讲不同的故事
有斑驳缥缈的历史，有荡气回肠的爱情
有茶马古道的繁华，有战争硝烟的沧桑
唯独忘了你坚守的日日夜夜

恩达温泉瀑布中沐浴的少女
已不知去向，浪花轻抚着
那块芳香的石头，我用思念的刀
轻轻地刻上你的名字
刻上我的信仰

原载《西藏文学》2022 年第 4 期

肆月

母　亲

崔雪悦

多年来，我和母亲的距离
变成了几个阿拉伯数字，电话那头
她关心女儿的烂嘴角，汴城的天气
甚至远方
一片无关痛痒的云
我们的距离原本是——二十七个秋冬
我关心诗歌，人类以及
比家更大的命题
因此忽略，她理想的消亡正是我理想的开端

2022 年 4 月

野雏菊

郭　卿

凌晨三点，我把昨天活成了今天
我的心跳动了五十年
五十乘以三百六十五
我辜负了这么多日子
也耗尽了所有不堪
我相信，明天会有一条路
开满了我爱的野雏菊
来取代门口的泥泞
如果有一天你没看到我发朋友圈
甚至几天都不发朋友圈
请记得，记得替我采菊东篱下
把南山再慢慢走一遍

原载《广东诗人》公众号 2022 年 4 月 16 日

肆月

大渡河，五月的弹孔

秦 风

五月的河流，依然爬雪山过草地
再次蹚过自己的过往与死亡

苦难从未解冻，高原与我在融化
成为流水，与流逝的一部分

每处漩涡，都是落水的五月
这浴血的急流，举起头颅撞向彼岸

上岸的流水，坚守成为石头
把落水的五月，垒成一座纪念碑

石碑扶起所有失去肉体的姓名
给苦难与死亡，以高过人间的站姿

五月的大渡河，时间的流血
涛声，捂住了川西高原的哭

我是一块中弹的五月的弹孔
是弹孔射出的另一个黎明与自己

原载《中国文艺家》2022 年第 4 期

雨一直在落

汪雪英

春雨大滴落下
穹顶之下，雨帘一条一条线
直直地落下
父亲说，怎么会有这么多的雨
天天落，从早落到夜
又从夜里落至天明
我却说，昨日惊蛰，却不见雷声
抑或，我心浮躁，抑或听不到雷声
看手机里的天气预报，一周七天，每日都有雨
这什么日子啊，这么多的雨
是春雨贵如油，可这些没完没了的雨
落得人间都发霉了
落得我心都发慌了
雨一直在落，如断线的珠子
死者已矣，在人间
活着的人还要继续
风吹来
像冬日的北风
凄风苦雨，孤清而寂静
那些失去亲人的人
孤独伴着哀痛

2022 年 4 月

131

抵达白云深处的故乡

伍　迁

3 月 21 日。一场黑色的雨
毫无预兆地坠落
折翅的天使。俯冲向山谷
从下午到黄昏。从黑夜到黎明
我们含着泪。一直向前走

在一片焦黑的土地上
只剩下半边的身份证
一张被烧焦的高铁票
和写着"平安扣"字样的纸片
……
无声无息地告诉我们
他们和所有人一样
都渴望向着光明飞翔

此刻，一只黑色的蝴蝶
穿过莫埌村寂静的山谷
越过林梢。飞向遥远的天际
那也许是戴着黑色蝴蝶结的
待嫁新娘。正在找寻回家的路

期待来年的山谷
开满鲜花。每一朵都五彩斑斓
每一只向南飞翔的蝴蝶
都能抵达白云深处的故乡

2022 年 4 月 4 日

读博尔赫斯的下午

辛泊平

旧历的年底，有一种让人眩晕的速度
我一直渴望抓住一些具体的东西
比如一杯酒、一个背包，或者
一张返乡的车票，一扇车站的大门
让白天慢下来，让夜晚留下一些痕迹
孩子们早已离开学校，他们涌入滑雪场
回到动画和游戏中，或者，被父母赶着
上一个接一个的补习班。我猜想
那操场的空旷，和落日的孤独
可以把一个校园带入静止的虚无
正如这个下午，天空阴沉，我无所事事
但街上到处是从商场银行出来的人群
携裹着让汽车升腾的空气，把城市填满
于是，我打开博尔赫斯，触摸纸上的云朵
所有的枝丫都不是多余的部分，万物匀称
盲者的节奏，有一种旁若无人的从容
从一个词语到另一个词语的距离，就是心灵
可以听到的呼吸。当黑暗终于爬上窗户
那二十多页文字，仿佛一面暗淡的镜子
模糊了我脸上的倦怠，以及时间的灰尘

原载《当代人》2022 年第 4 期

普 工

张端端

百褶帘合上惺忪睡眼，徒恋街区
嵌有珐琅的欧式悬灯下左手拿烟的人
想象他的一天：在食品厂包装车间二号岗
给每个走过双眼的塑料蛋糕盒放防腐压缩片
仅负责这件事，保证两条流水的稳步运行
只有夜晚慷慨倾献予忍痛卸下皮囊的魂
如何端详他的双手，上一份工作在鞋厂
接过鞋板，将配件粘补、缝合……
秩序的章法穿过辛勤劳作的身影
和机台传输带，投射在车间洁白的墙面
这是一位热衷劳动而勤勉写作的普工
暂时脱离生活赋予的沉重的钢铁外衣
且没有将铁丝外套彻底抛弃的可能
需顶起痛苦的王冠，拧干生活内衬的污水
正如此刻，灼烧的烟头一点点侵燃烟草
雾气腾跃在半空恍如悬而未决的谜
尝试吞下食指与中指间闪动的星火

原载《星星》2022年第4期

经由一园梅林

——游淮阳梅园

冬雪夏荷

一路高速，直奔梅园
途中，有召唤，有等待，有呼朋引伴地向前
我们满怀美好
梅林终于呈现

一场遇见，娇俏枝头，暗香浮动，弥散开来
粉黄红白，是水，是酒，是春的色彩
花儿经由我的身体，向盛开说爱
我们，恣肆梅林，像一群小小孩儿
歌声溢出身体，像飞鸟，与春舞慷慨

打开心门，梅香轻触我的唇
我听见自己的呼吸和心跳，与花儿同频
一花，一春，一盛开
我是我的春天，你是你的春天
我们是春天的春天

湖水如镜，梅妻鹤子漫步春风
于是，我俯身掬一捧流动春色，喂养自己
梅朵一片静极，溶解春天里

2022 年 4 月

我不是悬崖

倩儿宝贝

浪漫的四月
我们开始相爱
这多么富有诗意

迟开的紫藤花
有不朽的明媚
你与我
相互软化

小哥哥
我是你的坏小孩
你中我的毒已深
我要悬崖勒马

你说
我不是悬崖
你何须勒马

2022 年 4 月 19 日

2022 年 中国新诗排行榜

春日短

北 遥

忽然之间，院子里的梨花、杏花、李子花全都谢了
留下一地缤纷，
也留下一颗颗惆怅的心……

原谅我的招待不周
也原谅我的木讷、迟疑，不解风情
有些事，转眼便是凋零
有些人，错过了便是一生

2022 年 4 月 19 月

肆月

镜像中的我（节选）

卜寸丹

引子
很多东西都在沉睡，等着你来唤醒

1
我摸了摸身上的羽毛，它们都还在
它们一片一片，密密实实的，在夜的灯光下泛着薄薄的光泽
飓风、急雨、晨光、风的声音，止息在我的身体，我黑色的眼眸里

2
那个新鲜的婴孩，那些茂密的光阴
无数重叠的我
像一枚指纹
那是我的密令。不可更改的命

3
就像街头偶遇的一个女人，一转身，你便失去了她所有的蛛丝马迹
我们处在彼此瞬时的孤立里
躯壳。剥落
新的生长

4
沉默的铁、黑黝黝的铁在人间
我们将它打制模具、兵刃，或维持转动的零部件。时间与火焰都沉寂在
它体内
铁不说话。它只生锈。回归不可言说的开端

5
我深知羽毛的好处，而迷恋于飞行

而我的父亲教诲我要脚踏实地。他拿着斧头走向山林，他在洁白的纸上
写下诗行，他在实验室里发现事物的秘密
孤单如他
富足如他

2022 年 4 月

肆
月

皮　带

树　才

一根皮带躺在床上
床上覆盖着白色床单
瞧它在动！它动了——
把自己游动成一条蛇

想象一条黑蛇在床上
游动，皮带头睁着眼
这有点吓人！但也
优美，柔美，柔软

它把自己团结在一起
她用尾巴打了个卷儿
它当然不是个女人
她只是一根黑皮带

原载《诗江南》2022 年 5 期

活物和死物

　　——题石獴

安　琪

一只青铜时代的石獴被供奉在
博物馆里，它右腿蜷曲，脚爪抓地
眼神茫然而颓废，一只青铜时代的
石獴和广袤大地奔跑的血肉之獴
有何不同——

前者接受时间的加持
后者败于时间的猎杀

前者本是死物，却比活物活得长久
后者本是活物，却比死物死得更快

2022 年 5 月

141

飞禽标本

三色堇

一只鸟定格在了飞往天空的路上
它仰着头颅，喙如利剑般插入苍穹
它眼中末日般的夕阳，红得让人心颤
花色羽毛光亮如起伏的湖水
我一直在橱窗外观望它展翅的姿态
等待它再次飞翔
我们隔着玻璃相互辨认，也许它会
认为我就是那个射杀它的猎人
远处，一只灰背雀正在树上狠狠地盯着我
我突然失去了人类的语言
天空越来越高
无知在纷乱的尘世堕落得如此迅疾

原载《草原》2022 年第 5 期

偷　渡

安娟英

时光没有界限
哈一口气在窗上
以圆为镜
守候一次相逢
你在里面转身消失
可知我的心
碎如镜片

羞涩地偷渡
绕过长夜
结成冰河
无奈的我
跨不出友情的缺口
只为你继续地沉默

人生最大的一次败笔啊
才上路
自己的脚趾
被自己重重踢伤

原载《绿风》诗刊 2022 年第 5 期

伍月

微　信

梅　尔

我们更加无处藏身了
摇一摇漂流瓶搜一搜二维码
你被编进莫名其妙的图案和程序中
甚至不用挖地三尺你被掌控在光缆中
像一株植物被太阳关注
像一份饥饿被食物链接
你被营销被推广被记录被支付
在一张巨大的网中越来越不得安宁

但你也许获得了莫名其妙的力量
你活在不同的群里并不小心当了群主
像一只黑天鹅莫名其妙地与众不同
你从一只梯子上接受了各种水果
还学会了保存和收藏　从果汁、果泥
到果酱　你把一片面包
裹在了微信的头像上
有时我们也恶搞一下
在平台上一屁股坐空
让现实露出一个大大的窟窿

原载《诗潮》2022 第 5 期

地铁女孩

顾　北

挤在我边上的女孩
一直都在笑
开头以为她认识我
但没有。她看都不看我
可能她刚得知一个好消息
或今天要去旅行
也可能仅仅因为刚才上这趟车
很顺利，如此而已
当她侧身转过来，露出耳后
一条长长巨大的疤痕
我才悚然发觉
这是个整形手术失败者
她的笑容
被人为定型在脸上

原载《浙江诗人》2022 年第 5 期

伍月

胡加里斯的咏叹调

潘红莉

从人群鼎沸的海边走过
沙滩的水洼在雨后亮着
人群鱼贯走过远处大海的波涛和水浪
我走过沙滩走过高坡
走过水中的艳丽
走过梦境
大海缥缈的船影
像遥远的胡加里斯的咏叹调
回放给我
夜晚的骊歌

2022 年 5 月 26 日

故乡的黄昏

胡建文

大姐用轮椅
推着父亲到河边散步去了
89 岁的母亲，拄着拐杖紧随其后
快速地追赶
村口的大樟树
用力举着最后的霞光
把渐渐暗下去的故乡照亮

原载微信公众号《胡建文的小木屋》2022 年 5 月 8 日

伍月

关　联

梅黎明

听见了鸟儿鸣叫
听不懂鸟儿语言
望见了鸟儿飞翔
看不清鸟羽的颜色
人与动物之间的关联
只能听见与看见

2022 年 5 月

黄河上的群舞

杨廷成

是从哪一方天空里
轻轻飘落的几瓣雪花
融化在黄河宽厚的怀抱中

是从哪一片夜幕上
闪电般划过的几颗星辰
在浅冬的暖阳里尽情歌唱

是从哪一晚的苍穹下
洒落在人间的一缕月光
抚慰这大地深处的忧伤

高地上凛冽的寒风
仍旧肆无忌惮地吼叫着
是想阻挡你们飞翔的翅膀吗

你们成群结队地飞来
如一支支离弦的响箭
把最后的冰层瞬间击穿

远处的山冈上
如痴如醉的群舞翩然而起时
这纯净如大河之水般的灵魂
让尘世间的众生修得一颗柔软的心

原载《诗林》2022 年第 5 期

伍月

交公粮

王彦山

又到了交公粮的季节
队长已催过好几次
甚至等不及麦子晒干
就装进口袋
用拖拉机统一拉到
镇上的一个粮库
质检员用一支铁签子
"噗嗤"一声插进去
再拔出来，看看麦子的好坏
长长的木板搭在高高的麦堆上
父亲一次次把一袋袋麦子
扛上去，直到两手空空
坐在回去的拖拉机上，疲倦得
像路边卷起的杨树叶

2022 年 5 月 16 日

临窗而立

买丽鸿

西风吹过耳畔
痴缠天地的絮语
这万物的旅舍
揽你我与暮雪入怀

洁白的宣纸上
故事里的人
来来往往
采几朵梅花
和着一片光阴轻点朱唇
看千秋过客
从掌心滚落指尖

我是那个临窗而立的人
蘸着飞雪
寄相思予李白予纳兰
也是那个沽酒于雨巷
席地与木心与戴望舒
倾心交谈的女子

我说：浮生
你说：如梦
这转瞬的回眸
留几处灯火阑珊
与月亮一起
把酒临风

原载《中国诗人》2022 年 5 期

凝望博格达

李东海

在入伏第一天的正午
我在乌鲁木齐的西面
正对着博格达山峰
烈日下的博格达雪峰
闪耀着金辉
烈焰与冰川的对视
是准噶尔盆地与博格达雪峰的对话
震旦纪晚期的造山运动
让天山横空出世在中国的西部
这条黄金包玉的腰带
系在了新疆的腰间
让西部新疆成了一个崔嵬富贵的汉子
博格达雪峰
是金腰带上的那块白玉

博格达雪峰
耸立在我的对面
正午的太阳在雪峰上照耀
我凝视烈日下的博格达雪峰
一些历史，从我的眼前走过
一些故事，在我的眼前浮现

回到地平线上
乌鲁木齐在天山的脚下涌动
它是天山巨人手指间的一枚翡翠
在博格达雪峰下璀璨地闪耀

原载《民族文汇》2022 年 5 期

蒲

武 稚

硬硬的，它还尚未成熟
无意间，我的手碰到它

这卑微的东西
这么多年了
还守着自己的初心

总是不合时宜地
记得它的昨日
七八岁的样子吧，
也是蒲最好的年纪

我也还记得蒲席、蒲包
蒲扇、蒲枕……

有点轻，还有点瘦……
它仍站着
站在逝水边
站成一个季节的开始
站成来来回回的样子

原载《绿洲》2022 年第 5 期

伍月

时空旅行

李建军

像无限的星云变幻
三维空间之外存在六维空间
乘时空列车，来一次旅行
眼前掠过宋韵文化的镜象

谁编写缭绕的香气
穿越柳暗花明的绿水青山
谁剪辑茶纹水脉
翻阅杯中星宇的满目雪浪

谁导演缤纷的群花聚会
演绎光芒万丈的云朵插画
谁吟作豪放的宋词音韵
点燃月亮不熄的油灯

启动时光隧道的按钮
又进入另一个神秘的宇宙
异域风光奇美旖旎，前所未闻
宋人摇身一变成外星人

原载《上海诗人》2022 年第 5 期

送菜记

孔庆根

父亲常冷不丁地到单位
卸下肩上的蛇皮袋
我懒得对他讲为何昨晚电话里不说
我这个星期可以回去

过了八十
父亲的听觉逐日退化
而他依旧像年轻时一般固执
袋里装的可是一早收割的蔬菜

在传达室，我们相见又告别
他告诉我一切都好安心工作
他不喝水一般也不去办公室
他也不要我送出大门
一般他会回头几次

老人健旺是子女的福分
保安会在背后赞叹
除了点头称是
我会看着父亲转弯
想着他的归途

原载《江南诗》2022 年第 5 期 "诗高原"

伍月

小村庄里的新春辞

绿　野

1

一滴水滤动的山河
一株草摇曳的草原

生命的形态和过往
一切都在一枚落日的古铜镜中成为幻影
寻觅和归途，哪里又有来路

2

来自天山雪峰的一滴融水
氤氲了一片塔里木绿洲盆地

这个叫富安村的小村庄
她栖身于塔里木绿洲里的百果园
我，就是小村庄的一名义工，或脚夫
像风一样，无边际地行走

3

鸟鸣声里的乡村
我总是枕在梨花、桃花的梦境
如果说是安享或顺从，只能说是时光的
流水轻轻

当花期凋谢，春风拂过枝头的清晨
总会有些人和事儿，如浮云般躁动
迎来和远去，绿荫的乡村小路上
人们行色匆匆

4

渠水或清或浊
鸟儿或聚或散
人儿或悲或喜
这世界上的风物总在风语中流转
比如一个放单回家的学童
他奶声奶气的童谣中
鸟儿也追随他的身影

5

冬小麦与大地的低语
被一场南天山的浮尘蒙蔽
又被一场细雨淋浴
一些潜生暗长的故事在小村庄上演

一月的羊羔在圈棚里欢腾
二月的小牛在草料场撒欢
三月的犁铧泛着星斗的眸光
四月的绿果园覆盖了塔里木盆地
不等五月的到来
人们便放声歌唱

6

务工的人们早出晚归
总有一场灾难不期而遇
当车轮下夺走一个中年男人的生命
变故，一个家庭的支离破碎
从此，小村庄的夜梦不再完美

祈祷！祈祷吧
愿上苍公平地对待劳苦的众生

原载 2022 年 5 月中诗网

孝竹滩

白恩杰

晌午，日头从额头滚落
紫铜色的微笑
定格在孝竹滩
这里有孝的传说
善与恶的故事
人们驻足，聆听
孝顺竹成了教育儿女的经典
不孝，贪婪的心
镇压在竹笋的尖头
在这个七月如火之盛夏
我再次读懂了
孟子，惟孝顺父母、可以解忧的句子
此时满目素洁荡漾
瞬间，种下竹子绿意盎然

原载《绿风》2022 年第 5 期

野云心

漆宇勤

迟迟不开的桃花，恣意生长的桂芽
从天而降的坏脾气，都不自在

这么多不合时宜的人和物，熟知《涅槃经》
在久热骤寒的仲春四顾茫然

粗叶悬钩子卷曲的藤蔓嫩芽
剥皮后都有着酸甜的春心

回到村里逢人便打听日常植物的姓氏
我熟悉它们，像邻居熟悉我
但我不知道他们进入族谱的正名

为气温混乱中所有受骗受伤的草木记好账
枕着缩回去的半句喑哑蛙鸣复印黑夜
我有野云心，在三月雨后的空山发芽

原载《诗刊》2022 年 5 月下半月

伍月

159

酿酒过程其实就是与大地秘密交流

林忠成

遗失在乡间的这壶酒
我喝过　父亲喝过　爷爷喝过
远古的祖先喝过
不能让它失传于民间
让倒了几千年米酒的粗瓷酒杯干涸
酿了几千年酒的酒坊荒凉
等于中断了祖先血脉

父亲把我叫回老家
手把手教我酿造工艺
从配酵母到掏酒酿
最关键一点是
要像伺候坐月子的乳母一般

酿酒经过其实就是与大地秘密交流的过程
语言从生涩到甜蜜　浆液从冰冷到温暖
丰收偷偷地在水果内发酵　涨红了脸
这种幸福在茂密枝叶间进行
最后浆液溢出语言之杯　与乡邻分享

原载《诗林》2022年第5期

月亮的多种隐喻

马启代

月亮不是天堂
不是神仙的会所
也不是玉盘和月饼
更不是弯弯的小船
或笑眯眯的眉毛
……
这些都不是

月亮是一座监狱
是囚禁美和爱的牢房
大美不言
皆有鞭痕或内伤
爱到极致都是恐惧
爱是痛的结晶体
所以有人看它是一滴泪

太阳和月亮都在我体内亮着
他们交替照看我灵魂的伤口
太阳是人间的狱卒
一出来就不可一世
月亮将爱和美看守
是让人绝望的照耀

原载《水文化·大江文艺》2022 年 5 期

伍月

海棠依旧

牛国臣

海棠　百花丛中你算不上耀眼名花
但你却品格高贵
性情豪爽　华美潇洒
不与百花争魁不与尘世斗艳
把玉棠富贵演绎成国色天香
将美誉"国艳"酿成花中奇葩

含苞时你花蕾含羞胭脂点点
盛开之时你色彩万千如晓天明霞
今天我再次来到你身边
恰逢春雨润花无声
你红妆淡抹妩媚动人
高尚尊贵　清香氤氲
恰似出浴贵妃艳丽难描难绘

见到我你双眼放出光芒
犹如花雨　起舞翩翩
为君悦容　妙不可言
我被你的真情打动
用相机记录下你美丽倩影
花前柳下　暗香幽幽
情到深处　海棠依旧

2022 年 5 月

现在，有谁读诗

牛 黄

过江龙、走马胎、红草蔴、猪仔粒
过山风、穿尾凤、千里香、莪不食
大毛蛇、山柏子、土三七、鸡骨香
宽筋藤、大风艾、白菖蒲
鳖甲、牛七、川仲和川芎
……
随意拉出一个账单
随意写出一串地名
随意列出一份菜单
先锋的诗人们的诗
我也不例外
跟风抄出一份追风草药方
灌进 1500 毫升的酒
也许三个月后饮用
我身体里风湿骨痛没了
灵丹妙药嫁接在诗歌上
难怪我点赞了很多
五月的七月小虎
幽州地下通道里的诗
再也卖不动
壶里是水，还是茶
我摇了摇头

2022 年 5 月

伍月

原平的河流

王建峰

原平的河流，从不说话
最理解曲伸，始终怀着向前的希望
像旧日的我，时常枕着星子进入梦乡
我们就会觉得
波浪拍打着彼此心跳
当下的我，就有了沉淀下来的决心
我流动的波光，开始梳理
一路从田野过湿地到山谷的点点滴滴
有时候，我从天崖山前经过
便会看见一个人
身披满天星光，遗世独立

原载《莽原》杂志 2022 年第 5 期

人过五十

王立世

生命像一件华丽的衣衫
终会褪色，会被
打上补丁，会被
用旧，会被
冷落，直到
黯淡无光地
退出世人的视野

人过五十，像一场盛宴
散后的灯火阑珊
各色车马远去后
用醉眼打量
人生的杯盘狼藉
禁不住叹惋那些逝水
落花，和过眼云烟

原载《诗词之友》2022 年第 5 期

伍
月

聆听禾下乘凉梦

幽林石子

此刻你静静地睡着了
躺在五月明阳山的臂弯里
一排青松理解你睡眠的深度
人们穿越风雨从各处赶来
悼念九十一岁的慈祥国士
聆听成熟的禾下乘凉梦

他们用雨伞遮住各姓天空
怀着人间柔软的敬仰之情
瞻仰院士遗容
有年轻的妈妈抱着孩子来了
有与你同龄的爷爷坐着轮椅来了
汇成河流的花朵涌起几公里的花浪
他们似乎看见那月下的老人
一手抚着稻穗，一手抚着琴弦

2022 年 5 月

醒　来

周伟文

春回大地，许多季节深处
沉睡的事物又醒来了
枯萎的草、坠落的花、断流的溪
神龛前、客厅里、父亲的卧室
处处湿漉漉的
这些年，为父亲洒落的泪水
也醒来了

原载《岁月》2022 年第 5 期

伍月

和诗歌融为一体

周广学

和诗歌融为一体
是多么美好的事情
你的胸腔里有溪流的歌声
尽管置身沟谷
但你热爱光阴的流动
每日欢欢喜喜逶迤而前
哪怕碰上一个小石子
哪怕接住一片落叶
你都会荡开一圈圈涟漪
溅起一阵阵浪花
你把最古老的两个字
打成永远新鲜的"四二拍"
生命，生命
如此，衰老也等于青葱

原载《太行文学》2022年第5期

终有一天

李　云

终有一天，我会把大海叠成
一个蓝色背包，选择在春风吹拂里
背起远赴沙漠
在那里我会摊开无尽的蓝
让沙漠戈壁水波潋滟

终有一天　我会把喜马拉雅拍打为
一个前凹后凸的枕头，选择在春梦不断的夜晚
放在最深的海沟
在那里我躺下
和美人鱼恋爱，和鲸一起打鼾

2022 年 6 月

陆
月

虹

姚　辉

不寻找。我们
只是相遇

联想式相遇……

从石头上升起的虹
类似于车前草上升起的虹
类似于河曾经
以彼岸隐藏的虹

不寻找。滑行之雨
翻越四种苍穹
我们只是
习惯于相遇

墓地之虹往返于风中
一只麻雀
索要属于自己的虹
它　想进入
虹的往事

墙向东方侧转
如某种成为虹的可能性

不寻找。虹
代表了神新拟定的
某些道路——

原载《山花》2022 年第 6 期

祁连山

石 厉

许多人，终其一生
都没有走出过它
它是先祖口中语焉不详的天
是一抹远离飞翔的云
是我面对她时
她眼中永远漂泊不定的光

它高于所有的飞行
是王母始终的隐身之处
它银白色的头颅，同时
安慰了皓首的老人和神仙

原载《北方作家》2022 年第 6 期

陆月

数牛牛与数星星

远 岸

其实，数牛牛与数星星
一样心身愉悦

言语一致
神形一致

记得把自己数进去
把自己数成牛牛
把自己数成星星

风在高处
摇晃并冥想

露珠洒了一地

2022 年 6 月

做一个厨师的理想

大 枪

要让妻子成为十指不沾阳春水的女人，要从
清晨的接吻里甄别爱人有别于昨日的口感
要在早上六点到菜市场。看见鱼鳞闪耀
骨头光亮要虔诚，要对这些从前视而不见的事物
充满敬意，要读懂鸭血里饱满的阳光
和菜叶子上露珠的慑人之美。要把厨房里
钝旧的刀口替换掉，让走进菜篮子里的牲畜免受
久经折磨的痛苦，要理解生而为畜的不易
最好选一把带铬的蒙古厨刀，驰骋在大地的诗意
将会从刀光上活泼升起。要学会做一个有仪式感
的厨师，戴上白帽是对神祇的敬畏
起锅烧油前要像检查祭品一样检查食材
佐料和配菜一定要齐整，要让它们
在需要出席时钤上印记，就像在一场
盛大的恋爱中标注体液。要像民族大融合一样
汇聚舌尖上的味蕾，山西陈醋、绍兴黄酒
湖南豆豉、广西白糖，它们的注入充满
古老的地方智慧。要让炉火温暖每一道菜的身体
大火爆、中火煸、小火煎、武火煮、文火熬
要让烟熏火燎成为一块生养诗歌的黑板
要在灶台蒸腾的热气里令一个诗人失踪
并让身旁的人感到他做一个厨师的幸福已经多年

原载《上海诗人》2022 年第 6 期

陆月

老　街

李　强

老街有多老呢
青石板照得出人影
青苔滑得像冰
青砖上刻着花纹
大的是鸟兽
小的是虫鱼
也不知道是清朝的
还是明朝的

工匠们辛苦一生
留下了文明
没留下姓名

青石板躺着
杉木板站着
老街方方正正
保佑一方生活
青石板穿青衣
杉木板穿红衣
从暗红穿到浅红
直到斑斑驳驳
像雨水冲刷的沟壑

原载《人民文学》2022 年第 6 期

和田玉

宁　明

与一枚和田玉相遇
是我祈望已久的缘分
我们相互钟情，又彼此监督
玉，是照见我灵魂的镜子

把玩一件心爱的羊脂白玉
如同恭敬地拜问一位身边的良师
她通透而不显露光泽的涵养
教导我怎样度过一览无余的余生

和田玉从不沾沾自喜身价的飙升
作为玉，只默默专注自身的修炼
那些身外的炒作与虚空的誉美
永远打动不了和田玉安静的内心

我见过一块冒充和田玉的玻璃
她比真正的和田玉更显光彩夺目
但我从其闪烁的眼神儿里
很容易就能分辨出，这绝不是一个
能与我倾心相爱的人

原载《中国作家》2022 年 6 期

陆月

描述一次被雷击的遭遇

刘　频

那时我感到自己俨如坦克一样勇敢，在雷雨中
青春是身体里的避雷针
一个人像穿着长筒水靴的近卫军，一路穿过
带电的建筑、树林、积水、高压线
甚至吹着口哨，爬上了尖塔形状的山顶
那山体下面有一条湍急的矿床，在吐出火光的蛇信

就是那一次，随着头顶的一声爆响，我被雷电击中了——
我的头部、颈部，以及手臂
有一万只蚂蚁在爬走，仿佛在绘制着电的地图
我的头发竖起，像厉鬼一样，惊恐的呼喊响彻山谷
一个蔑视常识的人，绝望的呼叫声被暴雨拖远，稀释

——这是雷电给我上的致命一课
至今，每到雷雨季我沉郁的灵魂仍在战栗
当岁月的滚滚奔雷涌过头顶，请原谅我变得怯弱
请原谅我，学会了在闪电欺身时的自我保护——
两脚并拢，身子下蹲，双手抱膝，像命运一样低下头
在强力的震慑中，正如一个失去反抗的被俘者

原载《广西文学》2022 年第 6 期

赤壁感怀

吴光琛

我把自己钉在赤壁的
岸边，不看厮杀，也不听
涛声，只听止水的心音

感觉来来往往的人流
比翻书还快，一口气还未
呼吸完，那把羽扇就已破碎

世事已经回到原点
而你却已不在

2022 年 6 月

陆月

哀 歌

路文彬

走了那么远的路
只是为了探望自己
和自己一起去数海边的沙粒
数着数着就下起了雨
我们只好躲进一家酒吧
接着数窗外的雨滴
千滴万滴
直到雨滴变成河水
我们变成船
漂向大海
大海让我们沉没
沉没让我们变成鱼
我们重新游向陆地
陆地却已不再是陆地
好吧
那就让我们变成岛屿
岛屿是最后的陆地
我是自己最后的回忆

2022 年 6 月 16 日

捡石头的人

堆　雪

那么多人走进戈壁，石头一样
失踪。那么多人把车子石头一样丢弃
然后徒步，去寻另一块

在克拉玛依，捡石头的人
有时候比石头还多。捡不到石头的人
比一块遗弃了的石头更垂头丧气

心肠比石头还硬的男人和女人
背着干馕和水壶捡石头。他们要借
日出时的第一缕晨光，和石头幽会

一整天，在黑戈壁挑挑拣拣
在白里挑出白，在黑里捡出黑。其间
有人捡到一只狼眼，有人捡到菩萨的心

把白天翻个底朝天。天就黑了
回头看：地平线上，一颗貌似落日的宝石
让空荡荡的心里，猛地一沉

原载《西部》2022 年第 6 期

陆月

烈日当空

段光安

朝霞是美的
只是一瞬
夕阳是美的
只是一瞬
更多的是烈日当空
养育着生命
又煎熬着生命

原载《天津文学》2022 年 6 期

芒城遗址

李永才

芒城，是一座什么样的城？
谁能告诉我——
是冰河汹涌，还是铁马嘶鸣
让那些西蜀文明，最古老的章节
在寂然无声中消失
——石碑和文字的叙述
让人产生无穷的遐想
城墙之内，有刀耕火种的痕迹
竹骨编造的构筑物
是古蜀人饮食起居的场所
陶片怎么破碎，色彩不一的纹理
都深刻了这一片土地上
史前时代的人间烟火
石器不管新旧，已经具有了
——披荆斩棘的功能
内外城墙之间，一条壕沟
埋藏了一座古城，多少神秘的传说
城池可以荒芜，部落也可以流逝
而万物的轮回
却无法在先祖种下的
每一粒稻谷中，找到精确的佐证
一方水土，除了古蜀人
渔耕劳作最原始的经验，世代相传
只剩一条孤独的泊江河
静静地流过

原载《西南商报》，2022 年 6 月 8 日

陆月

四月里的一次郊游

孙大梅

我对这个春天里的眷恋
留给了四月里的一次郊游

我选择了，穿城而过的地铁
减少了一些弯路的羁绊
所有的河流会穿过我的梦境
置身在忽明忽暗的空间
一会白天，一会黑夜
时间仿佛被窗外的风景感染
让我追忆起，走远了的青春时代

一只蝴蝶继续追赶着
一朵出逃的花朵……

转眼间暮色再次把我包围

原载 2022 年《草堂》6 月号

铁 皮

蔡启发

四月的铁皮花开满了枝头
天生丽质的芳菲骨朵千姿百态
不知道这绿叶度过了多少尖尖的时光
送去了冬天，迎来了春天，
依然展现着紫的本色
以一颗纯净的心，在屋檐下等待
或者，在房前独处开出自信的花朵
日出日落，心甘情愿弯曲伸长
为观赏的人守望相助，收获满满的爱意

原载《新华文学》2022 年春夏合刊

陆
月

夜色如水

杨海蒂

四野无声
唯清风偶尔骚动
夜色如水
我们携手走过苍茫
不远处　一只黄鼬逃窜
我比它更惊慌
一双臂膀顺势缠绕
一阵晕眩瞬时袭来
我迷失于
这浩渺的夜空
就像勇敢浪漫的水手
迷失于女妖的歌声
月亮躲进云层
星星眨眼传情
世界美如斯
此刻，死生契阔　与子成说

原载《国际诗坛》杂志 2022 年夏季卷

老照片

陈雨吟

黑夜，是古老的禁忌
秒针在睡梦中衰老
模糊的旧时光，在水中
等待远行人的钟声

宿命，来不及道别
藏匿揉碎的恐惧
单薄穿过厚重的雪
走出明天的歌声

生与死
隔着玻璃台板，对望
泛黄的照片
泪水没有方向

2022 年 6 月 13 日

春 末

李俊功

窗前的花瓣
啪嗒一声，砸疼了水面
一年中最美好的时候开始颓败颜色
坐下安静写信
告诉远方的朋友和山水
春天啊，已经告别我们一个花瓣那么远的距离了

原载《牡丹》2022 年第 6 期

谢菊花

李丽红

谢菊花　年逾五十
她说　不是她不嫁人
而是没人可嫁了
她漂亮　性格好
可愣是没人嫁了
岁月如歌
她这朵菊花　就这么
一直开着

原载《安徽诗人》2022 年春夏卷

陆月

唐布拉草原

如 风

蓝紫色的风铃花在晨光里
迎着风
一瓣一瓣打开自己
为此，她已独自
走了很远很远的山路
比起绽放，那些
在黑色泥土下漫长的等待
已不必再提起
而多少种子
终究无法握住自己漂泊的命运
悄无声息地坠落、腐烂
或者刚刚萌芽就夭折

在六月的唐布拉
偶遇风铃花短暂的烂漫
多像在茫茫人海中
偶遇一个人微尘般的
一生

2022 年 6 月

抗　拒

邵纯生

消息的打探者困在自己的梦里
窗外，风刮着一树碎花
大把的红颜零落地上
堆积在墙角，等待枯萎
我从黑夜惊醒，梦丢在梦中
此时，我两手空空
只剩下一段紧张的喘息
据说，冬天已经消遁
万物挣脱开北风的纠缠、撕扯
天亮前恢复了自由
我独倚床头，默然不语
想到立春过后，黑夜的身长
每个早晨都缩短一寸
天终究是暖了，抗拒节气的人
在自己的梦里迎来春天

原载《诗歌月刊》2022 年 6 期

陆月

落日时光

田　斌

湖水打开了它的镜面
涟漪在波光中闪耀
坠落到水中的落日
像火，烧红了满天云霞
美是时光的放纵
四处飞溅，漫涌
像不能自禁的飞鸟
乘着晚风，驮着霞光
牵着我的目光，和心
在空旷的湖面上
翻飞，打旋，欢叫，追逐
追逐，欢叫，打旋，翻飞

原载《诗选刊》2022 年 6 期

四望山

田　君

山顶的积雪化身成玉
阳光下四望
千里雪封之下
那耀眼的白
显得极不真实
让我想起在飞机上看到的云絮
那是比雪、比玉更白的白
是最高级的想象力
无与伦比

原载《诗选刊》2022 年第 6 期

陆月

风吹万朵花开

王 琪

风吹来吹去
吹到南山上空，忽然变得天朗气清

千树上的花，说开就开了
开满原野和山冈，开至天涯路
就再也没停下来过

植物们抖擞着身子
在摇晃中拼命奔向季节深处
云豹在丛林奔跑，她不管
嫦娥挥动衣袖，在天阙轻歌曼舞
她也不管

峰顶上，风可能吹得更大
崇山峻岭，也许都会吹成花的样子
哦，谁都愿把南山，当作永不背叛的故乡

原载《山东文学》2022 年 6 期

前头岭

西　可

走遍千山万水
也无法忘却老家的前头岭
曾经遍地的石头
反复耕耘、整理出的良田
种植包谷也生长几味草药
沿着一条羊肠小路前行
回到父亲经营但已废弃的山庄
一个一个窑洞，收藏粮食
养牛的圈舍已被荒草占据
这些年，空无一人的前头岭
我像看完一个简单的过程
安心地留在原地
等待下一世的轮回

原载《东方文学》2022 年第 6 期

陆月

母亲的一生

荫丽娟

很短促。其中一小段光阴我们
彼此还重叠着。
剩下的日子，我要替你
在人间活过——
续你的命。你的笑。你的爱
与疼惜。

你的呱呱坠地是我的
你善良得近乎于愚痴是我的
你身体里的软肋和天生沟壑是我的
你走过最难走的路是我的

我并无抱怨
只在这繁花挨挤繁花的春天
我还将经历一遍
你从没有经过的衰老与孤独……

原载《草堂》2022 年第 6 期

高楼擦玻璃工

张绍民

大楼幕墙玻璃上垂下一根绳子
工人挂在上面
如一块汗水挂着
滴下，擦掉灰尘
玻璃就干净利落

2022 年 6 月

陆月

百年之后

赵妮妮

如果生命需要交接，我希望
是在翠绿的夏季
一枚树叶，落到地上
像一粒透明的露珠，那一刻
我听到整个世界在律动

野草之下的泥土
泛着清香，它是万物之母
它不拒绝每一片落叶
像母亲，不拒绝一个婴儿急切地投生

在这个世界上，我会长成树
长成花和云，或一只瓢虫
在草木之间，在无数生命的凋零
与重生之间，我会用一千种模样
出现在你面前

那一日，清风、槐花
细碎的落叶里，无尽的时光
在奔涌不息

原载《中国诗人》2022 年 5—6 合期

孤独开放的蜀葵

毛惠云

路过的人会惊叹
然后一晃而过
漫山的蜀葵
远不如他们的想象珍贵

他们想象
他们的所见可以惊为天人
他们想象奇迹超越平凡
最好有诗与远方的烙印

却不知这漫山的蜀葵
那绚烂与太阳同行
它们彰显着的生命意义
是在土壤里植根千里的希望

我爱这样悄无生息的方式
以美好代替所有的语言
任何诗歌与油画都无法直抒胸臆
只有懂它的人宁静伫立

伫立在蜀葵中的人
简单而热烈的眼神
与阳光极为接近
但充满清澈与冰莹

2022 年 6 月

陆月

197

送　别

——致李叔同

李少君

送别
你把自己送到了寂静之地
悲欣交集，终归圆寂
你凡事认真
一刀一笔刻下的人生印迹
历历清晰，如一幅版画
从繁华落为枯寂，不过色相

你曾历尘世，遍居佛国
始终未能逃离孤独之境
一世为孤独世，一国乃孤独国
芒鞋青衫竹杖，一人是孤独行者

2022 年 7 月

王太发

田 禾

王太发不让他老婆点灯
他说他想在黑夜里待一会儿

王太发在外面的院子里蹲下
院子黑得像他挖煤的矿井

王太发在黑暗里蹲着
他心里的苦和痛明亮起来

那座煤矿今天又死人了
想到这王太发真的有点害怕

他感觉自己被死亡抓住
迟早要死于这挖煤的职业

但他要养家，每天只能挖煤
去接受每天可能的死亡

原载《广西文学》2022 年第 7 期

柒月

惊闻诗人肖黛在成都去世

马 非

尽管我知道
她患癌几年
化疗多次
但还是没有想到
说走就走了
去年年根的时候
尚在一起吃饭
相谈甚欢
前不久还见她
在朋友圈发美食
以及花朵的照片
这么乐观的一个人
老天爷也未另眼相待
生出恻隐之心
让她在世上多玩几天
虽然这块地方
越来越不好玩了

2022 年 7 月

缺　口

方文竹

将无边的大海比拟于心灵
人类为之一振，似刷亮世界整体

当海量的信息汹涌而来
不抵妇人在岸边抱石一哭
原来抱着的是人世沉重的印章

当炮火时代的耗材学流行
一条归零的分割线早在那里等候

当国企投资于贫困山区
一条溪流抬高了清澈的身价
上帝急于写生，清理美的归属

我终于看到隐秘的无数缺口处
不明物体纷纷脱离而下
像惊天的雷霆，像沉默的容器
建设了我们每天的平凡生活

2022 年 7 月

只有回到马驹桥

花　语

只有回到马驹桥
我才是那个死心踏地，爱你的人
只有回到马驹桥
我才能骑上思想的白马
催它过河，在冰冻的北京城东
吃隐忍的青草，流泪、痛哭
安静地踩踏
把热爱的胸针
别在难过的衣襟上

只有回到马驹桥
我才能不受世事烦扰
守着你，油彩中的青灯
在离你最近的地方
涂抹这隔世情缘
抽打，爱的陀螺

2022 年 7 月

稻谷也有生辰和谱系

唐成茂

稻谷也有生辰和谱系
能和稻谷说话的人
身上流淌着土地的血液

垂垂稻谷把秋天重重地拉下
我怀里的稻谷优雅而妩媚
把情和爱撒了一地
垂垂的稻谷金黄、丰满
多情而动人
为秋天贴身编织金黄的憧憬
在稻粒儿的背面，是和风送来的梦想
我从身后抱紧修长的稻子
让这个季节温柔和橙黄
让漫山遍野撒满金银细软和似水柔情

六角云轻轻敲打
稻谷金黄的年华
就像多情的稻穗用软软的长辫
痒痒地拂我
布谷鸟多愁善感
慢慢咀嚼丰收的长句
五指过滤的阳光，给稻穗般殷实的日子
镀上金身

晒谷场上，我是幸福的雀鸟
义无反顾地偷食
羞答答的谷粒，软绵绵的爱情

原载《华西都市报》2022 年 7 月 7 日

回　想

华　海

那年，我有机会去山野行走
坐在路边一块石头上听野鸽子鸣叫
它把近处的溪水叫到了远处
又把远处的薄雾叫到了眼前
在清凉、透明的风中，回想走过的
大半生，焦虑的念头跑得太急
捏在手里的花束，遗失了整座山的春色
只有泉源的流动，隐喻着来处
松鼠搬来食物，填充了傍晚的饥饿
暮色与草虫的唧唧同时降临
你渴望一种融入和覆盖，苍穹之下
万物的身影模糊，一颗果实坠落
响声，把寂静的树丛惊醒
又沉溺于寂静溪水幽深的底部

原载《文艺报》2022 年 7 月 11 日

赶　赴

杨映红

还可以有怎样的借口
赶赴一场思念已久的约会

冬日的阳光，虚弱成佝偻的老人
没有一丝体温。我努力地保持着
体内的恒温，安抚激动的心

车窗外，云冷冷的目光直视
翻开书，佯装看书的样子
假装是一个淡定的人
思念却在体内疯狂地燃烧

把时光和爱编织在一起
游走在呼吸之间，困倦入梦
等待着被你手中的笔拆解

原载《红豆》2022 年第 7 期

柒月

饯　行

肖秀文

起风了
和风一起唱响的是
饯行的晚宴

为你的明天祝福
天涯也只是咫尺
酒中的红映着回家的身影
花开，在有你的地方
千年的小站，永远在等你回来

回忆是所有的等待
等待在有风的夜里
奏成天籁之音

岁月永远回不了过去
当你执意要远走他乡
一个个亲切又疏远的身影
在月华下纯洁地挥舞
无声地说"再见、再见"

爱从脚下扎根
就会有地老天荒
伤痛是可以轻描淡写的
因为所有的遇见都是今生的缘

原载《厦门日报》2022 年 7 月 17 日

2022 年 中国新诗排行榜

每块石头都深藏隐喻

青 铜

在旅居的城市，我拒绝爬山
怕看见，山上岩石
以及深涧流浪的石头

情愿龟缩在咖啡馆沙发一角
阅读那本缺失封面的图书
至少，不会剥开伤口
让记忆从肋骨的缝隙滚落

不再隐瞒
我就是依附山崖的那块石头
曾站在他的肩膀，背对萧瑟秋风
俯瞰远处炊烟和脚底夕阳

满身棱角已泄露基因的桀骜
冷雨将我从山体的户籍中剔除
留守的岩石，注定成为一座孤悬的碑

而我，除了拥有无法治愈的疤痕
至今两手空空

原载《作品》2022 年 7 月

瘦　笔

肖春香

一个握笔太久的人
他会把一江满溢的春水，写成一方
枯瘦的荷塘。他会抛弃花朵、泥沙
抛弃臃肿的身躯和奔涌的流速
留下满塘鱼虾，和微苦的内心

他会把春江潮水连海平的壮阔
写成一阕枯藤瘦马的苍凉，他会抛弃思念
留下荒原落日的孤独

一个人握笔太久了，他会不断把自己写瘦
直到把自己写成一支笔，直到把一支笔
写成一幅石刻的仿宋，横撇竖捺
都纤细而坚定

                                          2022 年 7 月

最高意志

朱 涛

少女容不下眼睛的任何沙子
这美好的胎记
让淡忘时间的记忆试图矫正混淆的错误
人间是一场修炼
不仅要接受雀斑的瑕疵
承受疼痛的阈值只要未到熔断的极限
必须挺住
在产房，我看见痛苦实现了最高意志

繁衍是终极引擎，一切要为其让路
犹如重装的拆卸的机器
一下给幸福去了病

2022 年 7 月

柒月

遥望戈壁

塔里木

尘与焰
在远处的空间里对流激荡
不安的思绪
逐渐被辽阔的温暖代替
视线里的一无所有
变成了内心里的应有尽有
身上的草木
已是戈壁鸟的栖息地
它以我的喉咙鸣叫
朦胧的群山犹如遗忘的陀队
背着太阳行走在地平线上
波光中耀眼的河流
仿佛是天空的魔镜
此刻
万物皆是它蒸发的倒影

原载《民族文学》2022年第7期

夜过神女峰

马培松

夜过巫峡，夜过神女峰
船在平静的江面上

静静地行驶
船上的每一个人

都屏住呼吸
每个人都像，做错事的孩子

因为我们都没有带来
她企盼着的任何一点消息

原载《星星诗刊》2022 年 7 期

柒月

一束光

王晓露

一个人的诞生
是一束光划开黑暗
河山有了颜色
所有静止的开始动了起来
从刚开始的蹒跚缓慢
开始加速

呼啸而过的风
永不停步的流水
都惊讶于这繁忙的人世
竟如此匆匆
他们甚至来不及把该说的话
说完

这束光一闪而过
世界又陷入黑暗
万物
又归于永恒的沉寂

2022 年 7 月 27 日

斫楠木

牧　斯

这几天父亲总催我
上山斫木
斫那种巨大阔叶的楠木
话中有话似的，他看着我
清瘦中有一份往昔的强健
他叮嘱我要斫社住下的那棵
王塘布的可以做棺材顶儿
风华绰约山林中波涛阵阵
尽是我和我父亲的影子
有些是经过父亲拔擢才长大的
有些树心安理得，看见我来
不认为是把它们斫下
而是将它们的老朋友邀在一起

注：社住、王塘布皆为地名。

原载《草堂》2022 年第 7 期

柒月

交　谈

爱　松

告诉我
泥土和肉身
有何区别

再告诉我
骨骼与影子
有何关联

还有你和我
在黑暗中
秘密的距离

原载《滇池》2022 年第 7 期诗歌头条

退　潮

边海云

退潮以后
海水丢下一群螃蟹和贝壳
被遗弃的孩子还在拼命地追、赶着
咸涩的海水，那是
家的味道

潮湿的沙粒，是他们
固体的眼泪

人们开始赶海，要给他们一个新家
要给他们炉台、火与铁锅

从一只平躺的贝壳中
我并没有一丝发现珍珠的惊喜
我看到的，是无垠大海中生死的无奈

我穿过了沙滩，把贝壳送回大海
以这种姿态
来缝补内心的缺口

2022 年 7 月 18 日

柒月

痛

陈灿荣

肩，颈
时有不爽，时有疼痛

小时候，大多的痛
是调皮或做了坏事情
被父母，用软棍子抽出的
皮表的痛，很快过去

现在，长在肉里或骨头的痛
哪怕用刀子刮，也不容易刮出来

上年纪的人说
经历的苦难，都是痛的种子
老了，就发芽

2022 年 7 月 15 日

寂寞的抄袭

陈欣永

我不是吃黄浦江的风长大的
花的都是便宜的寂寞

光阴土豪似的
转眼青春都快花完了

不管愿不愿意
苦闷是上海一页虚掩的门

原版的都市生活
整理不了我慷慨的蹉跎

好在院子里的草抄袭了故乡的草
春风也抄袭了故乡的春风

原载《椰城》杂志 2022 年第 7 期

柒月

在山中，读一封信

多 木

好吧，登山。我们去登山——
每上一道坎，我们就要歇歇
每上一道坎，我们又要歇歇
白桦林也好，亭子也罢
能歇歇
就行

就像翻阅你泛黄的书信——
每读一页，就要停下来
每读一页，又要停下来
幸福也好，悔恨也罢
都不得不
停下来

2022 年 7 月

慧日寺

高发展

或许，在路上
期待，一场雨的到来

几十年的光景
是否有些姗姗来迟

变与不变，慧日寺带光的名字
缝隙之间，正是一盏灯微笑的地方

废弃的古驿道
废墟的宝殿三面临山
遗忘，一段记忆停止的隧道

野外，石头做的柱子
幽谷，只是个把小时的午觉
庐山的神奇、瑰丽
心月法师，正在复活苏东坡的真面目

原载《浔阳晚报》2022 年 7 月 8 日

柒月

中央摩星岭

黄根生

东西南北中
摩星岭在广州的中心
四面八方里
摩星岭一枝独秀，自然出奇

上，可摘星辰
下，兵分八路
被重重围困的不是天煞孤星
四面楚歌的乃是南方都市群

摩星岭一柱擎天
白云山虎踞龙盘
广州城千姿百媚
不过为博摩星岭一颔首微笑

2022 年 7 月 12 日夜，登广州白云山摩星岭而作

一杯羊奶的洗礼

林汉筠

一

牵朵白云
小鸟不叫
盛满青蓝的院子
有三五只羊在树下侃大山

青草，可以呼叫羊
可以使唤小鸡
抑或池边的水声
鱼同样会想到远处的阳光

我的娘，荷锄、挖土
执镰、割草
头发在乱风中飘舞
那件陈旧的衣裳
飘成了一朵山花

二

羊，是娘的随从
闻了闻身上的气息
执意地向我列队

那天，我起得很早
娘要赶在露水前
用绵绵的羊语对话
直到，与羊一起蹲下身子

阳光正好，奶水仍冒着热气

羊望了望娘，咩咩地把天空唱成乳白色
娘看着我
浅浅地笑着

原载《铜仁日报》2022 年 7 月 8 日

阿克苏的太阳

刘晓平

阿克苏的太阳
她是从草尖上升起来
却在白水的霞彩里降落
我喜欢这里的太阳
太阳出来便有了暖意
也有了绿色和丰收　还有我的歌声
太阳爱我，也爱所有的人
我在太阳的注视下
走向每一处藏着诗意的地方
我喜欢在路上
看太阳的升起
也看某一个人在阳光下走向远方

2022 年 7 月

柒月

鹰隼飞

牧　风

在临近尕夏村寨的苍野上
我与一群俯瞰的鹰隼相遇
那温暖的羽翅覆盖飞雪的影子
山冈上人迹罕至
唯有鹰隼张开欲望的胸膛
期待一场亡灵的祭祀
没有听见诵经声和海螺声
而鹰眼迅疾地扫视旷野
箭镞般射向草野深处

原载《星星·诗歌原创》2022 年第 7 期

云南拾菌记

王珊珊

青头菌、牛肝菌、石灰菌、奶浆菌——
习惯躲在阴暗潮湿的叶檐下
自生自灭，很少被人找到
雨后遇晴才有资格
拼尽全力冲破泥土、松毛
冒出小脑袋，然后和太阳一起西斜
直到失去力气，斜躺在松毛上
供松毛虫、飞蛾享用或腐烂
最后与泥土融为一个新的小疙瘩

野生菌被采摘至交易市场
我不敢贸然评论它们幸运与否
青头菌、牛肝菌大多被运往县城
石灰菌、奶浆菌从不被重视
只能听到山村集市的叫嚷
不被知道名字的黄色野花叫无名
只是与拾菌人的影子擦肩
等第二天和太阳一起伸腰，周而复始
野生菌和野花庆幸着各自的幸运

松林里，一只麻雀扑扇着翅膀
它以为头顶那随风抖动的云是自己的羽毛

原载《星星》2022 年 7 期

染月

走进竹林

谢方生

走进那座广阔的竹林
低下傲骨支撑的头
寻找嵇康遗留的名琴
挖掘刘伶埋的好酒
琴与酒不见影
惟见清泉石上奔流
远离苟且的生命
活得明明白白，自由行走
潇洒狂放和竹林七贤那般轴
竹林里没有木鱼香火
但有最高神灵护佑
《广陵散》唱了二千年
歌声飞出竹林，啄碎烦忧
拯救灵魂，追赶日月升落
走自己的路，不回头

2022 年 7 月

此身如寄

阳　春

少时乡邻中有人释义"蜀"字：
"四川人是山沟沟里的虫"
只有走出盆地才有作为
譬如，司马相如、李白、苏轼
我为此粗缯大布裹生涯

许多年后，《一千零一夜》里
那个从开罗返乡的巴格达富人
在梦里劝诫我：
"你应像我一样，回到你的故乡去!"

可是，只有我自己晓得
仿佛这些年来，故乡
给我出的难题，答案都在远方

2022 年 7 月

柒月

在鱼码头

叶逢平

岸边，鱼码头有长期的基地
它专供渔船停泊
像弹波浪的钢琴；像钥匙打开海
装卸鱼类。就像苏轼
成就了苏东坡，不问平生功业
——悲喜交加大于存在

站在鱼码头
我不勉强自己，把时代打个绳结
守候一个男性的立足点
——鱼码头就算融入大海
也是个局外人
如果向潮水顶撞，最后的下场
只有身败名裂
而海在这里温柔以待
不再浮躁冲动，恢复了名声

2022 年 7 月 9 日

浮　木

徐小泓

有些日子
过着过着，就成了一块浮木
随波逐流

有风的时候
也许，能被冲上岸
但更多的时候
是死亡的另一种形态
它千疮百孔，布满细小的伤痕
浮木
游游荡荡，漂漂浮浮
没有人记得
曾经，它也属于深海

原载《厦门文学》2022 年第 7 期

柒月

一粒沙

李晓光

都说眼不揉沙
一栋楼不知
吃进了多少沙

筛了又筛
剩下什么
沙子知道

细碎的东西
越容易团结在一起
抵御外界的压力

筛沙工筛了一辈子沙
比一粒沙还轻
从没人提起

原载《诗歌月刊》2022 年第 7 期

十七岁与七十岁

叶延滨

十七岁是风景线上奔跑的马驹
是山上的荒草在野火中舞蹈
是山巅上漫卷的云浪戏弄繁星
是山洪泥石流改写山的威严
十七岁的风未停
是山火还在燃
是激流奔涌
此刻，有一个十七岁
抱一本七十岁诗集
悄然入梦

七十岁是秋月天穹下一棵孤松
是冰封的大河下面喘息的鱼
是守着潮在沙滩上昂头的礁石
是云中盘旋的鹰忘记了翅膀
七十岁的天上月
是潮和汐相望
是枫林拥霞
此刻，有一个七十岁
握一本十七岁诗稿
安然入梦

原载《星星诗刊》2022年8月号

捌月

231

暮色中的山羊

龚学敏

成为山冈上的一面白旗，被风
大口大口地吞噬

我们把隐约望见的摇晃
说是坚守

此时
唯有这最柔弱的干瘦，才能支撑
暮色的苍茫

原载《四川文学》2022 年第 8 期

海 岛

姜念光

我看见岛屿在大海中伏首
孤独，终于在这里获得了合理的形式

除非在奔赴的路上，已经行到水穷处
否则无法听到血液如涛，琅琅顿挫

除非半生已过，苏醒到半途
否则白马无法摘它的面具，一个男人

找到重心就可以沉默了。他的蜂巢
盛满翅膀、疼痛、刺和积累的糖

不一定是巴赫，坐在教堂的钢琴旁边
不一定是托尔斯泰，来到雪中的火车站

现在是我，一座海岛，孤身闪耀
在无边碧波中安放一生的崇山峻岭

2022 年 8 月

捌
月

在仙女山遇见一匹马

刘立云

谁会有这样的准备呢？在仙女山
在一场梦幻般的大雾中
一个属马的人
在山顶辽阔的草原上遇见一匹马

天地无穷，那马正低着头在静静地吃草
在它的身前身后
在远方像水乳般漫开的白雾里
还有无数匹马，它们若隐若现，似有似无
没有人认出
无数匹马，其实是同一匹马

是一匹枣红马，它在静静地吃草
我在静静地看着它
它发现我在看着它但没有躲我
我注意到了它的眼睛，它的眼睛寂寞又忧伤
它在静静地吃草但更像在嗅那些草
抚摸和安慰那些草
我的眼泪就在这个时候涌了出来

我知道我的前辈曾在这里打过仗
有人倒在山上但没有任何人
留下他们的名字
我愿意那场战争刚刚结束，让我跛着一条腿
回来寻找我的坐骑
我知道我未来的日子有多么艰难
我知道我必须借助
这匹马的力量

走遍战场，去填平那些弹坑
让仍在等待的人心有
所属，不至于被泪水浸泡余生

原载《人民文学》2022 年第 8 期

捌月

岛与湖

——郭滢滢的摄影图片与三岛由纪夫

田　原

有了岛，三座以上的岛
就有了湖
双眼皮的湖

花朵还原血色
瀑布无声，酝酿咆哮
眼神忧郁而澄明
折射出自戕者的原形

时空交错在
跟水有关的两个名字之间
岁月定格在瞬间
记忆跌倒在时间的刀刃上

岛一直坚挺着
与天空交媾
湖是湿润的盆地
等待星辰倾注

是谁坐骑蜻蜓
飞往虚幻的岛
又是谁划着小船
游向湖心

在岛上，在湖边

2022年　中国新诗排行榜

我想变成萤火虫

躲进抓紧大地的马齿苋里

照亮生者的面庞

和死者的幽魂

原载《人间鱼诗生活志》2022 年 8 月号

捌月

火　焰

俰　俰

如果：让我在这个世界上找一个喻体
我会毫不犹豫地选择火焰
肉体只有不断燃烧并化为灰烬
才能完成自我救赎，灵魂
就是那一缕被风吹走的轻烟
——希望你读懂我燃烧时的战栗
——希望你读懂灰烬的密码
我喜欢把时光丢进火焰中
我喜欢这种毁灭般的疼痛
骨髓里的螺丝刀用火焰
固定了一个疲惫的灵魂
请原谅卑微的肉体和它的脆弱
请倾听缺钙的灵魂拖动镣铐的钝响
请用灰烬擦干眼泪，尘世的慰藉
就是一次失声恸哭，熄灭
又复燃的火焰抵抗了人生的虚无
灵魂获得短暂的慰藉，而火焰中
损毁的爱不会再回来，囚徒的幸福
卑微如灰烬，如废弃报纸的沉默
——起风了，它就被吹散得无踪无影

原载《雪莲》2022 年 8 月号

秋　荷

周占林

生在山村的水塘
就注定了你的出身不会高贵
而高贵一词
就如同流经你身旁的每一缕风
短暂的生命
无法遮盖那满目的青翠

在炎炎的夏日
你把一丝清凉书写成一副狂草
悬挂在每一个经过水塘人的心头
那一丝丝的凉意
葳蕤着乡村惬意的光阴

秋满山坡
那压弯枝头的果子已经整装待发
你用最后的掌声
欢送那高于一切的纯朴

当秋风在你的叶片上开始描摹秋天
你用镶金的姿势
等待远稼的小妹回家

原载《星星·诗歌原创》2022 年 8 月号

捌
月

无限事

三　泉

弹烟灰的时候，发现另一根烟
还趴在烟灰缸上
燃烧
好像现在的我突然发现了过去的我
——还挣扎在过去的时间里。
搞哲学的小鲸说
她在梦里成了一名职业潜水员
梦里的"她"，才是"本她"
我并不认同这样的心理暗示
在经验世界里，我们常常用未来的我
瓜分现在的自己。
就像那个割掉双乳的女人，哭着说
现在，终于解脱了

她趴在尖锐的玻璃碎片上
像月亮，等待一片乌云
原始的人类，等待一片草丛
她趴在尖锐的玻璃碎片上，等待
更尖锐的利器

我反对这样的绘画，也反对
使用工具。但我不反对
她和不同的人相爱，像使用
不同的工具

原载《三峡文学》2022 年第 8 期

玻璃桥

董进奎

那么多人在等待过桥
用一块纯净的玻璃拆穿自己
借助电子画面、音效，玻璃佯装碎裂
目睹深渊的真相，许多人声嘶力竭地溃败

父亲泰然，生活中习惯碎裂声贯穿心瓣胃膜
消化掉无数不可预期的玻璃片
知道一座架空的桥需要大跨度
需要气贯长虹，他的脊背越现拱状

筑一架玻璃桥，制造一场透明事件
通过虚空分拣出肝胆，看清自己也看清别人

原载《星星》2022 年第 8 期

捌
月

大理速写

刘合军

洱海平静，精明的白族人，千百年
耕耘自己的苍山十九峰
这里的王者，钟爱青砖白瓦水墨画
我不是王者，同样喜欢雪一样的云霞
喜欢故事里的五朵金花
也想，吹吹下关风，看看上关花和
苍山雪、洱海月
也许，我只是一只疾速飞过的鸟
是流星
一样的过客

2022 年 8 月 5 日

钓得永州千山雪

胡 勇

这永州雪，千山鸟飞绝的历史图景
从古至今，有多少文人的吟唱
雪花飘落，银光四射
孤独落寞后，万径何处寻呢
空留仰望

皑皑白雪，浑然天成
风从洁白柔和的雪中醒来
偶尔的风也涤荡了一切
风的舞蹈
绝妙全在雪花飘落的那一瞬

群山温润的眼眸巴望着雪
静寂的广阔天地有一群鸟在找寻着什么
圣洁的雪落下
带走一抹抹淡淡的忧愁

听听那雪落之声的诠释
那纷纷扬扬落下的不只是雪
是独钓寒江雪的自由和安稳
是钓得千山雪的喜悦与洒脱

原载《诗刊》2022 年 8 期下半月

捌月

243

画中人

冯　娜

我认识的一张脸
出现在一部外国纪录片中
正说着，他的工作是临摹洞窟中的壁画
成千上万个菩萨和飞天，度过了他的光阴
其中一尊菩萨的面容，让他无从下笔
许多次尝试，莫不如是

那是敦煌，沙漠中幸存的世纪
消失的王朝翻动着关隘

他在黑暗中学会了看
永不沉入睡眠的眼睛，让他难以做梦
每一根细线，不是蚕丝也不是羊肠
自从走进洞窟
每一根线条就是他的名字、他的秘密
他的出生和死亡

宙宇在头顶旋转
少年时见过的野鹿，近似太阳的光晕
让白昼变长
他忍受着戈壁上石头的饥渴
一树金色的无忧花，摇动着手中的粉末

研磨矿石颜料，这本该失传的窄门
不能走神，不能去爱
手指的温度要略低于丝帛

他不知道自己在忍耐什么

年轻吗

越过贝叶树的愿望吗

时间被压制成薄片的白云母

每每抽取，总被呼吸屏住

纪录片里的那尊菩萨，并不看向他

太多遍临摹

让他忘记了任何一个稳定的形象

镜头中，他的脸如此真切

几乎要与勾勒过千万次的轮廓

融为一体

2022 年 8 月

捌
月

你的名字

雪丰谷

原本以为早忘干净了
最近两天，偶尔叨起你的名字
总觉得像根刺。而且每默念一次
肌肤里的痛，扎得就越深

长痛不如短痛。昨晚摸黑回家
从抽屉里找来一枚钢针
借助 LED 灯，牙一咬
将一根乱了方寸的肉刺，剔了出去

可是在梦里，你的名字
比金种子酒厉害百倍
呼啦啦地冒出了郁郁葱葱的芽
醒来方知自己体内竟藏着参天大树

原载《扬子晚报》2022 年 8 月 8 日

修行者

陈洪金

从泥土里探出头来的那一刻开始
你就注定了，迟早要成为
在大地上修行的佛陀
苦苦走过风吹霜打的岁月
在云朵上的群山里
把一些人的祖祖辈辈，托付给村庄
用你清瘦的身影，喂饱一夜虫鸣

留在红尘俗世，度人，再度己
村庄里的人们长了生，生了又长
你有度不完的人
那些庄稼，是泥土里长出来的偈语
此起彼伏，从未间断地养育
你既知它们今生，也晓它们往世
明月当空的时候，你对庄稼说
总是要有一个人
陪着这个村庄走完一生

原载《椰城》杂志 2022 年第 8 期

捌
月

那十二年，兼致苏东坡与我

陈　墨

那十二年，过去和现在两种时态
你我的贬谪，像极了黑白两色的跳棋
一个小小教书匠无意中弹跳成了文物研究员
而一个京官，你从中心一贬再贬到天涯边缘

在人世棋盘上跳下跳，是这样的无形手脚
寒食节，用它那点点炉火对饮着空无之酒
一只飞鸿飞过内心，雪泥留下我们的
诗篇是多么不合时宜

原载《特区文学·诗刊》2022 年第 8 期

纸上的马

顾艳龙

只有一匹马，它并不孤独，也不怕孤独
如此写意。马首昂起，竖起的鬃毛像是旗帜在迎风飞扬；腰腹如流线，
而马尾根根戟起；马腿弯曲腾空，力量在肌肉上凸显
这是匹追梦的马。我们听见，马在嘶鸣，马在喘息，马的骨头咯吱作响，
还有哒哒的蹄声，铿锵有力地穿越轮回的四季，似流星，向着广漠的时
间深处飞驰而去
那马，没有悲鸿大师笔下群马奔腾的万千气象，比不上价值无限的汗血
宝马，更不如古代名将所骑的赤兔的卢
那马，已定格在永远的奔跑中，没有疲倦，没有反刍，不用扬鞭。谁能
跑得过将奔跑当作生命的马呢
这是小时候，父亲用钢笔在一张白纸上画的简笔画
父亲不是画家，他只画过马。那马，却是我永远最喜爱的马
父亲，是真正的一匹马
一匹马在大地上驰骋，驮着岁月的风雨，隐入美丽的晚霞

原载《现代快报》2022 年 8 月 8 日青石街副刊

捌
月

一只仰望星空的猩猩

胡　锵

举起一根树枝
笔一样比画着
在每一颗星星
左边
加一个反犬旁

2022 年 8 月 15 日

背　影

罗　晖

你来晚了
青春已被挥霍
背影就在不远处的地方
你看清了吗
尘土被风吹起
慢慢地又飘落到他的身上

夏天的热
冬天的冷
都不能把他赶走
但背影的伤口在哪
为何总爱在半空中游荡
好像没有人喜欢
像个孤魂　野鬼

只要留意
你就会发现
背影的强悍　坚韧
是那样地震撼
尘土的眷恋
与秋风送来的赞美
更加重他的分量

他更是生活的强者
尘土已向人们证明
是他改变了这个世界

原载《特区文学·诗》2022 年第 8 期

中年书

马慧聪

"鸳鸯双栖蝶双飞，满园春色惹人醉……"
若干年后
当我想起这首歌
才明白过来
取经路上的师徒四人
只有唐僧，不懂得怜悯自己
这也是我
开始喜欢他的原因
不再羡慕孙悟空
也不再羡慕猪八戒
对于我来说
步入中年，人生又苦又短
按住蠢蠢欲动的心
比什么都重要

原载《诗刊》2022 年 8 月号

簸箕湾

马文秀

出生在形似簸箕的地方
我是母亲筛选出的一颗种子

种在簸箕湾的落日中
于是，童年的欢乐
不止在田野
更在苍茫暮色中
头枕着山冈，向往远方
太多的诉说晚霞听了也会溜走
便学会了自言自语

簸箕湾足够小
小到站到山坡上
能听到每一家的喜怒哀乐
簸箕湾足够美
山坡青翠，溪流温婉
抬头望着皓月寒光
也能吟出浪漫的诗句

漂泊多年，我依旧在地图上
寻找你的足迹
无论未来多么滚烫
我只愿依偎在你的掌纹中

原载《草堂》2022 年 8 月号

捌月

在鄂州民俗文化博物馆

谭　冰

从细沙里捡一枚石头
仔细辨认纵横的纹络
一生经历了狂涛的打击
命运的喜怒哀乐
从时间深处伸出触角　剥离
一个阶段的生命结束
谁也无法说出生命的来历
生命的图腾记载了风雨里的烝民
成功也好，
失败也罢，
都已经是故事了
无论你怎么追忆
它已经变成了一片烟云
永远消失于胼手胝足的身影
唯一能告诉我们的是寂寞的乡愁
我顺着严老爷子认识的古人
把仓廪铸进骨头
携稻谷漂泊
像一堵墙
都已进入佛法
一言不发
我所知道的历史
藏于一颗种子的内部
正往宇宙的深处轻轻抵达

原载《湖北广播电视报》2022 年 8 月 10 日

罗布泊胡杨

王芳闻

八月，烈日炎炎
火星岩，在茫茫沙漠中挣扎
伸出一颗颗头颅
诉说大水与沙尘暴的搏杀

那一片倔犟站立的死胡杨
据说已经四千年了
仍然伸出干裂的手臂
紧紧抓住一片匆匆的云彩
为罗布泊拧下最后一滴雨水

2022 年 8 月

捌
月

255

子 夜

徐书僮

夜的眼睛
隐在太阳后面
寂静的温床
只有风
在溜达，星星能听懂呓语
一条河与人世擦身
贴在耳边
一切都已静止

2022 年 8 月

登塔者

姚 瑶

烈日下，铁塔像在冒烟
登塔者在阳光下格外晃眼
握住铁塔的手掌热得钻心痛
像无数只蚂蚁在撕咬
他咬紧牙关，用袖口抹去脸上的汗
努力保持身体平衡

汗水湿透的工作服被风吹干
盐粒闪亮，纷纷坠落
我一瞬间想到
咸涩海水和白雪纷扬
两个概念不相及的词语
不约而同堵在我心里

登塔者越爬越高
他在相机的取景框里
越来越小，成为一个黑点
像一只蚂蚁在攀爬
高处不胜寒，风越来越大了
我担心大风把他吹跑

在辽阔的蓝天之上
登塔者顶着烈日，是一个焦点
那个午后，我与登塔者互为默契
在庞大的电力工业体系中
登塔者只是实践者之一
我只是见证者之一

捌月

原载《民族文学》2022 年 8 期

清晨我穿过故乡的菜市场

月　剑

我迎面穿过故乡狭长的菜市场
这里是在晨风中微微抖动的铁皮房
辣椒、丝瓜、豆腐、猪肉和中草药
别开生面的彩色地摊也萋萋迷人
被餐厅老板相中的双鱼从脚盆温顺地滑入蓝色的网兜
我从他身后看见冰箱、厨房和油锅里腾起的火焰
某条街的盒饭也许让他孜孜不倦
我还看见那位大婶一辈子风雨无阻的菜农生涯
她两只变形的大拇指和一旁二十多岁麻痹症的女儿
她围着一些我要买的生姜和葱如数家珍
……
我穿过故乡这热闹又孤独的菜市场
每天小河流一样流淌着喜筵的菜市场
我的孤独却如堤岸上奔跑的一匹马
故乡的菜市场是我纵马奔腾时念念不忘的品质

2022 年 8 月 30 日

2022 年 中国新诗排行榜

在万福台

李剑平

在万福台　有几句
缭绕于耳的唱腔
与愉悦产生了共鸣
一些长不大角色
在台上咀嚼着生活的
甜酸苦辣　而听着
粤曲长大的老树
总是站在风中摇头晃脑

在万福台　我在寻找
粤剧的源头　打探
文化繁荣的每一处泉眼
老树的根须　仿佛是
城市的脉络在深扎
这一腔的唱词　就是
一树婉转的情怀
老树的身段和架式
站着　也是枝繁叶茂

原载《南方日报》2022 年 8 月 21 日

捌月

读春天

孤　城

阳光一天天指出雪的肤浅
青稞向高处的山坡站了站
看羊群溜出村庄
想起去年的那些吻
甜蜜的伤害，让新生得以成立

风，翻了一个冬天
也没有读懂读透的阡陌
被咩咩地打开了
羊读懂了，从第一根嫩草开始
庄稼一节一节拔高春天的含义
读懂农民的一生
蜜蜂读懂了鲜花
冰读懂了温暖
大海读懂了
一颗心在春天喊出的幸福

劫持一头耕牛
打开泥土深处的收藏
读懂春天，许多事就显得
刻不容缓

原载《诗歌月刊》2022 年 8 期

酷暑感怀

曾若水

说什么呢
天热得只剩了温度
热情如火
烫伤了
人世间最亲密的情感

因为太阳用力过猛
水，变成了最美的亲人
人们快要六亲不认了
天天与湖认亲
一个个投入水的怀抱
义无反顾
水纹过来
每一寸肌肤都如鱼

2022 年 8 月 15 日

捌月

秋

蒙古月

有一段距离
介于冷热之间
温情互转
笑映一抹天

有一段约定
守在山峦之巅
生死明灭
北雁观流年

有一种感觉
不在语言
不落文字
只在沉默中沉淀

有种爱
金风玉露
惚兮恍兮
祭于八月桂花前

2022 年 8 月 9 日

风打厦门，像弄醒你的梦

庄伟杰

夜幕一降临，暮云千里布阵
伫立在六楼阳台上，一阵狂风
带着呼喊，俨然一位拳击手
挽起长拳冷不防劈面袭来
抬望眼，定神细看
原来这是专门前来搞破坏的台风

倏忽，远处天边一闪一闪的电光
像短视频，却笑得有点暧昧，又像在
打招呼，仿佛重复着昨夜那个梦境
或许，一场无法预料的暴风雨就要来临
看来得做好心理准备

风打厦门，像弄醒你的梦
一页心事浩茫，随风雨潜入夜
独对苍穹，信手按动记忆的键盘
心海空旷，左边涛声右边浪语

原载《特区文学》2022 年第 9 期

玖月

亲历者

晓 音

飞机从头顶飞过
它离天空上的白云很近

我想起小学时候的音乐老师
她教我们唱：蓝蓝的天上白云飘

我们唱白云飘的时候
大地上覆盖着厚厚的冰雪

我的小学音乐老师自杀了
她的丈夫，1949 年去了台湾

那时，天气很冷！通往殡仪馆的路边
高高的银桦树被风吹得哗啦哗啦地响

那个殡仪馆的女工用厚厚的刘海
挡住脸上的一道疤痕

我想起长相漂亮的音乐老师
想起蓝蓝的天上白云飘

蓝天是蓝的，它蓝了千年万年了
而且它还会继续蓝下去

2022 年 9 月 9 日于光华北

在秋水沼泽间重塑视野

安海茵

路边的果树青果匝地
可惜永无成熟之日
梢头催动梢头
传递出一种虚弱的命运

日渐寒凉
有限的光阴被骑平衡车的孩子和
穿灰背心的老人
均匀铺展
我说你必须走下去
记得带上每一颗烤栗
你说你毋需告别日
时时回溯

你说啊
这移动缓慢的日晷所昭示的花腔荡漾
这新景喑哑着，鲸吞经年的母题

你说你必须拥有这些
当藤蔓爬满落日孤勇的城邦

原载《诗歌月刊》2022 年 9 期

玖月

第三季

唐　诗

八月，我在第三季
沉默、沉思、沉重，忍住了
经霜的疼痛

前两座花园
被桃红柳绿和菏塘蜻蜓带远了
我的那只蝴蝶，翩翩辞行
回到忆中之忆
刚刚到来的美好地址

让从前的时光不旧
未来的日子更新，酒在果实的
银瓶金盏，更醇美
不醉不行

凛冽的风知道
当林木被染，万山红遍，风变粗糙
没有了苍白的梦
如落叶
一闪而过

八月，我在第三季
开窍、开怀、开心，迎来的
肯定不是大风雪

2022 年 9 月

世　间

中　岛

这一晃
鲁迅也 141 岁了
他去了
却什么都没带走
阿 Q、祥林嫂、润土
依然活得有滋有味

2022 年 9 月 25 日

玖
月

时 间

孙 思

时间把每个人的岁月
从肥削到瘦，最后缩在人生一个拐角

日子在乡村是日常
在城里，是一种现实到另一种现实的
反复过渡

日子内部，空间极其广大
任何东西都能往里填
还有一条条裂缝，供另一些人
在里生存

每日里，它受到各种不可知的
力量的撕扯，它的滑行
很多时候由不可知的暗物质决定

原载《上海文学》2022 年 9 月号

少年椰子

艾 子

天上之水
在你的心脏
椰树告诉你：天地精髓，唯你一身
一树的椰果
都认为自己是唯一

你用最硬的壳
筑起护城墙
用密集的纤维
防止明枪暗箭
你每天站在 15 米以上的高度
避免洪水猛兽
风雨交加之夜，你咬牙抱紧树干
椰果枝至今留下几排深深的牙印

天上之水
在你的心脏
你多次梦见被盗瞬间
风沙漫卷、日月无光
天水只为圣人储存
当一刀砍下去
世界明媚如初
只有你皮开肉绽、甘露四溢

——你终于明白，万千椰子中
你只是最平常的一个

原载《特区文学.诗》2022 年第 9 期下半月刊

玖月

仁庄之仁

晓　弦

天鹅湖上闪烁的渔火是仁庄之仁
水稻田里游弋的月亮是仁庄之仁
民居墙上大红大绿的农民画，和上面
丝瓜样的诗句，是仁庄之仁
诗人们大快朵颐后的微醺，和比田歌
还悠长的吟哦，是仁庄之仁
下榻于湖塘畔"清若空"的别墅群，是仁庄之仁
游人初来乍到，蓝天样抓住白云的贪婪，是仁庄之仁
森严的"三省堂"和爱民若己的高以永
是仁庄之仁。韩愈走过的
"非阁复非船，可居兼可过"的方桥，是仁庄之仁
诗人们从清浅水流里，认出的
一个个行书的"仁"，是仁庄之仁

原载《散文诗世界》2022 年 9 月号

我饮故我在

姚 风

酒，无法解决任何问题
但可以搁置
在水中点火，一阵灼热
鱼群游向更深处

一次次举起杯盏，一面白旗
时光的难民在原地抵达了彼岸
地平线消失了
笼子长出翅膀，飞向了天空
天地如此辽阔

我饮故我在
岂能辜负明月与大海的欢舞
登临至六十五度的桅杆
我们才不是异乡人

不为欢庆，只为唤醒遗忘
在纯粹的酩酊中忘记
把爱情与死亡拧在一起的
一个个"然而"与"但是"

原载《草堂》诗刊，2022 年 9 月号

玖月

冶仙塔的海棠

盛华厚

冶仙塔的海棠直到秋天才在我诗里绽放
我努力让它在游客饥饿时结出果实，并在
黑夜中为回家的人化作冶塔仙灯的红光
我翻山越岭，遇不到一个无家可归的人
只好缩紧自己，用孤独支起辽阔的内心
别无选择的前进人生还好没有断头路
还好没有知足常乐的人在耳边打退堂鼓

海棠树下的石头上刻着"禅、缘、佛"
让海棠在狂风暴雨后结出随缘的正果
从此它在我诗中像个见过世面的姑娘
难以把握，又渴望与懂她的人坠入爱河
"只恐夜深花睡去，故烧高烛照红妆"
苏轼比唐玄宗更懂得形容杨贵妃的模样
"谁道名花独故宫，东城盛丽足争雄"
南宋的陆游比北宋的苏轼对海棠更加钟情

后来，我的诗因为感情专一而变得空旷
后来，我因为凤凰涅槃而变成随缘的海棠

2022 年 9 月北京冶仙塔

独饮书

尹宏灯

一饮而尽
那昔日的江湖
那渐行渐远的背影

杯子早已放下
下酒菜仍散着热气

不远处，一片片落叶
履行着深秋的告白

我抱紧自己
隐入一场纷纷大雪

万物尽白
苍茫如我

2022 年 9 月

对白鹭经典意象的学习

石立新

它们回来的时候，像记忆
像祈祷，沃尔科特提供了白色的喘息
安静的轮廓，以及那些获得了又一份空间的词

漠漠水田边，王维慢走，驻足，远眺，
柳树旁，杜甫快速地捕捉着白鹭被天空泄露的行踪
稍后，他们的视线会被黄鹂短暂地挪用

原载《草堂》诗刊 2022 年第 9 期

暮 色

赵目珍

秋天的日头正好骑在
山梁上。我看见
暮色里，那归来的身影
已变得更加地
孤寂和苍老。曾经
我是那么地热爱
这样的暮色。晚归的
父亲，或者母亲
虽然沉默，然而壮年的
他们，始终洋溢着
生命的激情和光辉
而如今的暮色
生活把它演绎得
有点过于沉重了
光阴里，依稀可以
照见命运的安排
曾经撒欢的我们
长成了当年的父辈
而父辈们已与暮色同辉
这是独绝的真理呀
动荡的内心惴惴不安
秋风带来狂乱的意志

原载《诗刊》下半月 2022 年第 9 期

玖月

生　日

干天全

从第一次睁眼看到陌生的世界
到世界看到我熟悉的足迹
就这样，生日成为古稀
有些怀疑自己
难道真的向着夕阳走去
大片的天空还是那样地蓝
鸟儿们正在飞来飞去
远方的远方
和我还有许多约定
往前走的路上
打算带上东坡留下的竹杖与蓑衣
四海之外的天地
喜欢云游的李白没有去过
骑鲸的想象驶进浪漫掩饰的遗憾
也许远洋游轮更适合我
神往之处就是彼岸
日出日落都融入我与大海的风景
今晚的太阳落下了
明早还会升起

2022 年 9 月 2 日

逃 离

康 泾

我们在匆忙中逃离黑夜
逃离一个乡村的安宁

明天，我们必须逆风远行
跟早起的鸟雀不辞而别
跟幸福说声抱歉

我们是停不下来的磨盘
将土生土长的食物嚼碎
我们背上悬着一根鞭子
它抽打黄昏，也抽打着黎明

原载《星河》诗刊 2022 年秋季卷

玖月

我所遇见的黄河

陈树照

我所遇见的黄河
与祖父见到的没什么不同
源头还在，壶口还在
堵塞通变一万次，不到黄河不死心
清是清，浊是浊，黄河还是黄河
还是从青藏高原巴颜喀拉山
向东弯弯曲曲流入渤海
秦始皇、成吉思汗、努尔哈赤
即便蒋介石决堤花园口
它还是它……一碗水半碗泥
照旧图腾，泛滥，淹死人
与汉乐府、唐诗宋词里的黄河一样
日夜不停滚滚向前

原载《猛码象诗刊》头条诗人 2022 年 9 月号

西洞庭

方雪梅

波涛起床了
九月这滚烫的被子
凌乱　带着鱼鳞的哀伤
没人收拾

白鹭和水声结伴远去
一只搁浅了方向的船
在草色荡荡中　望雨

鱼虾离开时　并没留遗言
它们的呼喊　跳起来
爬满天空
我是寻亲未遇的来客
不知
芦苇披着一身枯黄
嫁给了哪个远方

波涛走了
似离家出走的孩子
留下几条残瘦水痕
我想捉它回来
回到　眼前的河床
我肯定还会吼它几句
何不汹涌着　与大旱打一架
像血性男人一样

写于 2022 年 9 月 3 日

玖月

279

月无言

灵岩放歌

人们赞美你，因为你是圆的
人们心痛你，因为你变残了
既然是圆的为何又要残

你，让人欢喜让人忧
你嫌人间折磨不够
反反复复地玩这把戏

你捉弄多愁善感的人
把那愁肠折了又折
让多少男女疯疯癫癫

今夜酒足饭饱之余
你又盈着脸出来骗人
也许那老娥子已闲得寂寞

真怀疑那丘比特是你私生子
今晚又备了多少弓箭
最终又有多少伤心事

原载数字中国网 2022 年 9 月 20 日

初秋时节，人间的草木依然繁茂

周扬松

入秋后，早晚的天气变凉了许多
而人世间的草木依然繁茂
这些一生都沉默寡欲的精灵
不在乎人间冷暖和季节的流逝

凉风袭来，路旁的榕树挺起胸膛
扭动着四肢让叶片向周围伸展
绿色的火焰，在树顶涌动
宛如一座从未被征服的高原
旁边的银杏像得道高僧，不紧不慢
捧出一串串浅黄色的果实
在翠绿的叶子间发着微亮的光
似乎在告诉世人——
每一个日子都值得我们珍惜

墙角的三角梅依然在深情歌唱
一场盛大的烟火在风中摇曳
丝毫不知晓秋天已经来临
单位后院的紫娇花开得很盛
娇柔的身体，将花朵高高举起
从春天开始的花期还在延续
——仿佛一生都在开花

初秋时节，草木依然繁茂
人间依然如此美好
这是不是秋天无言的告白

玖月

原载《黔西南日报》2022 年 9 月 19 日

天　空

曹　波

风雨如晦后
第二天高原上
蓝天之中飘满团团棉花云
触手可及
我想象是巡回画派里
西伯利亚湖岸风雨如晦后的
天空
其中缺少
天空下清澈的湖，宁静的群山
茂密的草原
姑娘和小伙奔放的
骑马

2022 年 9 月

2022 年

中国新诗排行榜

通天塔的诱惑

曹　谁

光明照亮一切
从十三个方向
所有的人都被圈禁在高墙内
你借助语言的力量
曾经瞥见通天塔顶
那一秒钟的光
比所有的爱都愉悦
比所有的梦都美好
他们都说那是骗局
可眼睛怎么会欺骗
你曾经见过最美好的世界
你无法阻挡对光明的追寻
他们开始念念有词
借助声音的力量
我们一定要抵达通天塔顶

原载《广州文艺》2022 年第 9 期

玖月

信仰的根基

董喜阳

若不是一场雨，我的目光不会
临到它。雷声底下擎起的火把
夕阳余晖尚未褪色的火焰
它燃烧着，发出赞美的声音
突然，我的内心不再有所期待
一辆公交车的到来似乎和天气无关
甚至，和这个痛哭的季节无关
忽而，我想做一棵树
就站在雨水下，或是在溪水旁
要按时结出果子
并，永远不长出干枯的叶子

原载《凤凰台》2022 年 9 月 22 日

蓑羽鹤的凝视

兰　晶

钢铁的骨头正喧哗
牛羊眼眶圈起一座风力发电厂
气流猎猎，翻动巨型风车状齿轮
山顶雪融，灰色墨渍泼向正北方
沙棘点亮串串灯笼，胡萝卜素饱胀到
随时能破壳而出
等着风信送来她的灰蓝羽毛
——蓑羽鹤

单腿伫立，牧场升起一丛清婉的荷
即兴腾冲，乘烟追越撒欢儿的马匹
供他们栖息的湿润草甸
已为天空输送了一大片湖蓝
刺雕于砂岩的阳刻文字
斧凿已锈化为齑粉
与之激辩的
只有几只大胆的蓑羽鹤——
眼尾狭长的簇羽，据说染着珠穆朗玛的雪
凝视来自紫色虹膜，仿佛从另一个时空投来眼神
雨水默默在夜色里潜游
终于落脚在，老橡树蓬松松的发冠上

原载《诗潮》2022 年第 9 期

玖月

285

喜 鹊

鲁 翰

喜鹊应该是夜的孩子
他的城堡弥漫月亮的香气
他一生从未辜负喜事的召唤
脊背上捐着一片晴光
越山掠水，飞来荡去
成天给家家户户快递口衔的喜讯

我总是见他穿一身礼服
大老远就喳喳唧唧客客气气
风雨几十年，我尤其
信赖喜鹊圣贤一样的嘴
他每一次预告我们的幸福
八九不离十

原载《陕北诗社》2022 年 9 月号

在枫叶上写你的名字

田红霞

一枚枫叶
从唐诗宋词走来
承载着缱绻的柔情蜜意
暖暖地夹在心扉
烙印在情爱的小河

鲜红、灵动、热情
层林尽染，如诗如梦
温馨的流年
我乐意
沦陷在温柔的爱河
逍遥、缠绵

2022 年 9 月

玖月

在时间的天平上

吴玉垒

你说总有雪花开满枝头的一天
这一天，就是今天了
我看见一只乌鸦，扯开大旗
以划破天空的悲壮
吼了两声

你说总有水一滴滴汇聚起来
重整河山的一日。那一日
正是每一日啊。当我从五十个春秋里
醒来，所有的人都在传
新的一年是一头牛犊
穿越了死亡线

或许是明天，或许是今晚
我知道总会有一册经卷，打开
最初的空白，像乌鸦
终于看见了自己的黑
总会有一个梦，在白纸上
留下朝露或烟灰，如同……看啊看啊
那巨大的铲雪车碾过春天
一口气把落日推向了山巅

曹子建的鱼山

夏海涛

你可以忽视所有的山　甚至高山
却不能忽视
黄河拐弯处　大平原上的这个凸起
海拔 82 米
成为一个不可逾越的高度

败落的王子　把自己遗弃在鱼山
他枕着甲鱼睡去
28 岁的时候他走了七步
让自己多活了 13 岁
也让诗歌重过了一生

在坠入黑暗之前　他抓住鱼山的耳朵
打开了佛国门扉
他走上台阶　拨开夜幕
摘下星星浩渺的音符

梵音只在黑里　发出光明
败落的王
用一座小山来命名
鱼山梵呗　尊严在佛音里再度降临

在内心的国度重建疆域
人间败北的东阿王
牵着一缕细线　永生

原载《瀚海湖》2022 年白露卷（9 月号）

玖月

我听懂了鸟的语言

亚 楠

槐花依旧漠然。这跳跃的音符呀
已恬然蛰居在我的情感中。也在暮春季节轻轻地
颤动。而夜色恍如清幽的脚步
她等待一个人，就像等待一个影子

但那时候，你的芬芳就是天空鲜艳的鸟羽
在风中漫游。在我心里
已经结出了沉甸甸的果实

而叶子舒展的姿势正在显示一种
隐喻。最初的痛消失了
大雨廓清我的相思，就让那个人继续
保持沉默吧

宛若岩石正在向他的两翼伸展
我已经听懂了鸟的语言
以及那些风暴
带给大地的沉思。因而我当然也知道密林中
所有的光亮都来自我们内心

原载《鸭绿江》2022 年第 9 期

梨雨绵绵

鱼小玄

下了数日梨雨，天地又清又明
春雾浮晃在春江，涂过新漆的渔船
窄窄船身，摇过半峡才出湾

"梨花哎……在哪儿哎……"
"梨花哎……开慢些哎……"

艾叶簇簇，村中阿婆端出旧瓦钵
熟米粉过筛，青青艾团子甜豆沙馅
老梨树扶着腰，颤巍巍抖落梨瓣

村巷积雨，她弄湿了布鞋
梨酒清清冽冽，她想起那年见他
他斗笠挡雨，撑篙唱着歌子

那歌声，多么遥遥绵绵
峡中只听得雨落、溪淌、禽鸣
怯怯梨花，花枝勾抱着春山

原载《诗刊》2022年9月下半月刊双子星座栏目

玖月

野　牛

张春华

是一个古老而稳定的结构
即便血腥翻滚　和赴死的风驰电掣
日落前的晚霞可以证明

响彻大地的牛蹄
踏碎　木质年代的牛皮经书
冲破金属时代的铁幕

火烧的天空
河床坦露大地尘土飞扬　这油光的牛背
整齐穿过万山河谷

始终孕育和繁衍
保持乳汁喷涌　淹没行星隆起的大陆板块
没有垂死与慌乱的迹象

肉体紧挨着肉体
鼻息紧贴着鼻息　成群轮回的血磨
循环往复　绵延不绝

2022 年 9 月 14 日

在我之上是青海

王　伟

昆仑、祁连、唐古拉，高高在上的青海
长江、黄河、澜沧江，三江之上的青海
一棵草之上是镶金戴银的露梅花
是黑牦牛和白绵羊及卓玛姑娘的高原红
一个世居青海的土著汉民之上是祖先
这一生都要向你下跪和弯腰叩首

"黄河之水天上来"的青海
在三江源头听见古往今来的万籁
在边塞诗里写成高峰的青海
磅礴的汉字之上是文学史中的青海
南来北往的丝绸之路青海道上
一个个脚印从大唐走向波斯、萨珊王朝

在我之上是
一个个有温度与硬度的汉字
每一个我的亲人及朋友
孕育三江而不招摇于世的青海

2022 年 9 月

玖月

我的食物偏好

陈群洲

我跟香菜之间没有根本性冲突
敬而远之，是难以接受它
香的表达方式

人与人之间有缘分，有难以言喻的
隐秘史。人跟植物之间，也有

我害怕红薯，害怕野蘑菇、野白菇、马齿苋、南瓜藤
这跟我饥荒的童年有关
我幼小的胃，尚在成长之中
就已经一篮子一篮子
装下它们的阴影

2022 年 9 月 2 日

玻　璃

刘　川

失恋
就像一大块玻璃
哗啦啦碎了
就像一大块玻璃
化作好多尖锐的碎片
一下子
扎进我的怀
我满怀都是
又干净又洁白的玻璃碴子
看，我多像
一堵故意插满玻璃碴子的墙
拒绝再有人
爬进我胸怀

原载《长江丛刊》2022 年 10 月上旬号

拾
月

那一夜

潇 潇

那一夜，躲着寒风
我走了一生的弯路，来到你的面前
你用一杯清水，让我坐下，抖落前尘
然后，端出一杯绿茶的距离
坐在我的左侧

你越来越紧张、慌乱
偷偷地深呼吸
在一句话的半途停了停
突然抓住我的手说：
"心里早就有鬼，跳得好快"

我摸着你满怀小鹿的秘密
才明白
半世情缘悬在心尖
桃花为你在我脸上误入歧途

你用了两年的克制来等待
而此时，导火索被你一点燃，我就爆炸了

原载 2022 年《诗潮》10 月号

寂静中的挣扎论

师力斌

没有刀光剑影
却有伤

伤口隐隐作痛，不断扩大
东非大裂谷是旧伤
损毁的长城才是遗址，活着
马车和高铁驶过去，山仍活着

寂静的时光呵，我在良夜
头顶飞机的呼啸像是来世
坐下的钢铁城市像是来世
唯你有抵抗一切的完美肌肤

唯寂静能触摸到你
唯四处绽放的花瓣是你的真身
井然有序，万古不变
即使在枪林弹雨面前

原载《红豆》2022 年第 10 期

拾月

努力加餐饭

唐　晴

自您离开之后
世界有多大，天涯有多远
都与我无关
而季节的轮回却让我茫然
落叶缤纷，您会捡起哪一片
笑容满面地指给我看
大雪纷飞，我冰冷的手心
还有谁捧着，给我温暖
霜降之后，这个世界更加寒冷
我困于家中，犹如死亡
生活变得如此苍白，如此简单地重复
似乎与人间无关，似乎与人间有关
我看着每一盆花儿，像您一样
期待它们勃勃生长每天都不一样
回忆里全部都是您开心的笑
唯有回忆让我热泪滚滚
唯有热泪让我明白
努力加餐饭
活在人间，如您所愿

2022 年 10 月 25 日寒衣节

雪　豹

曹有云

看哪
雪豹身披斑斓的星辰
跃行在雪山之巅
跃行在天上
彗星一样拖着长长的斑斓的尾巴
一闪而过

放过它吧
这隐去千年的雪山之王
它本就高处之物
世外之物
星座一样遥渺，幽秘
主宰着不可知的命运
唯能遥望，唯能猜想
不可触摸，不可亵玩
就让它飞奔在狂野的梦里
飞奔在缥缈的歌里

看哪
神秘莫测的雪豹
无迹可寻的雪豹
雪藏着迷一样的
星象和棋局
闪电般隐入云海茫茫

雪豹，雪豹
这最高的虚构之物
纯粹的幻象
一个存在的神话，一个冷艳的传说

2022 年 10 月 2 日

拾月

假　日

陈小平

节庆是安静和孤独的
朋友远游，兄弟们走亲访友
偶尔，林荫道上散漫的鹧鸪
高一声低一声地鸣叫
拥挤的高楼和嘈杂的街道
敞开缝隙，让风通过
暗示一切止息都是短暂的
包括壁挂、插花、空洞的言辞
像近年来平原上频发的地震
——所有的沉寂都太久了
需要咳嗽，找人说话
我们应给予足够的理解
保持缄默
如有可能，我们可以相约
沿四环路骑行，或去远郊登高
九月之后是十月，安静而躁动
这是一种期待，值得庆贺
如生命降临之前
父亲的焦灼母亲的痛苦

2022 年 10 月 2 日于街子古镇

在石洞口傩庙看傩舞，兼赠张战

吴昕孺

或许，这就是我们要抵达的地方
门口的石狮，见惯了
每一个晨昏，和每一个人的来去
但当我们用凝视
敲响它体内那口洪钟，它转过头
仿佛看着从黑色糖果屋
走出来的一群陌生人。世界很大
我们从僻远的繁华而来

那些面具正是日常的真相，我们心里
隐藏的迷茫与恐惧，难道
不比它们更加怪异？这不是表演
更非远古的遗存，而是
融入我们骨头和血液里的风景——
荒寒、险恶、无法越过的天堑
难以忍受的炎凉……这些，即便统统交给鬼神
也是每个人都必然会面对的困境

傩舞：树叶在风中不停地晃动
迁徙之鸟拍着双翅
一行绝句，穿越万里长空
它们随时可能坠落，寂灭于喧哗的众声
唯有舞蹈，才能让坠落与飞翔
呈现同样的姿态。一片树叶
向你翠绿地飞来，你立时
舒展繁枝，让凋零成为一个醉人的国度

原载《诗刊》2022 年 10 月下半月刊

忧郁的自由之花

冰　虹

谁穿过黑夜
穿过一川秋水
来看望
这放飞的虹
这忧郁的自由之花
流浪的灵魂

无边无际的梦
总是把她占有
为她对抗着死神的濒临

曾经，忧伤恍惚的泪水
哀愁的忧郁之美
活埋在一朵花儿的挣扎中
而不屈的鲜活的她
终能从喧嚣纷乱之境脱身
成为远秋中高飞的星辰

2022 年 10 月

金沙遗址

李自国

古蜀苍茫，璀璨的黄金面具
夺目而出，太阳神鸟挥手
告别川西坝子，振翅一飞，便是
上下三千年，一次次翔入苍烈的鹰空

万籁俱寂，一轮金球悬浮于
殷商河谷，纷飞陶片涌入西周
穿过象牙、恩仇、流血的鸭子河
古驿道上，酿成古老月光嘶吼
向众生芸芸的野猪獠牙和鹿角
啸成剑气，震撼故国山岳

没有垂泪，青铜神树依然生长
当潮来的时候，古蜀人湛蓝的眼睛
流向山岚，羊齿植物和邓林
崎岖里程，沟通金器与铜器肉身
却难为举步的玉器和石器夫妻
探寻出象牙与卜甲父子的机密

我的造访于崖上绳索
相对于海，落日的红帆船已消失
那掌舵的古蜀王，被闪电的渔火刺伤
膜拜或是图腾，神的左手袖口里
甩出半个川西平原，相对于深渊
右手袖口甩出华夏千重关山
如此气喘吁吁、万马奔腾

狮子山高喊：芝麻开花！芝麻开门

黄金万万两的金沙，潋滟的波光如神旨
因为祭祀，因为考古，因为云游
拳拳报国的古蜀蚕丛，紫气东来
氤氲的怀抱，文明史上高高相望的双峰啊
金沙喊成了金戈铁马的金嗓子
金沙喊来了峨眉山麓的金丝猴

原载《四川文学》2022 年第 10 期

蛙鸣：致父亲

徐俊国

月亮是黑夜的胆结石
上半夜发作，下半夜疼醒
鹧鸪往动脉里下了一场
江南雨，眉头起涟漪

上半身的现实与下半身的困境
弯成九十度。大清早
父亲回来，放下镰刀的样子
疼得锋利

眉头起涟漪
我蹲下来，帮他脱雨靴
泥巴里掉出一阵蛙声

大雨瓢泼。我一生见过的
所有青蛙，都加入了
沉闷的合鸣

原载《诗刊》2022年10月下半月

拾月

春天，似一坛陈年老酒

和克纯

春意承前启后，花事宕荡起伏
布谷鸟的欢歌把春推向了高潮

荒原，繁花似锦
家园，芬芳四溢

春山，犹一轴永远赏不尽的精美画卷
春水，如一壶永远品不够的氤氲香茗
春意、春韵、春色，酿成的春天
犹如一坛陈年老酒，不是佳酿，胜似佳酿

原载《壹读》2022 年第 10 期

角　度

丘文桥

换一个角度
假如时光静止
模拟一只蚂蚁的姿势
活在自己里面，把问题默念一万遍
构思着一首诗
一只受伤的鸟，疲惫地
打开一朵玫瑰
其实我多想隐姓埋名
失去嗅觉
从哪个角度里，窥探
你的百般妖娆

原载《草堂》2022 年 10 月号

肖邦《小夜曲》

潘宏义

来吧　走进这片宁谧的世界里
任心海的微澜萌生出葱茏的渴望
渴望回到睡眠　生命最美的状态
舌尖安然恬美　蘸着兰蕙的芬芳
让所有的柔情纷纷化蝶
轻盈如羽　缓缓飞升
该有多少花儿睁开羞涩的眼睛
该有多少归鸟私语巢穴的温馨

当不绝如缕的旋律涤尽尘埃
涤尽心扉黯淡的蒙尘
将一个迷人的夜晚
带回久久契合的心灵
只愿　盛一杯月光
柔和的梦的薄翼
与肖邦　干杯

2022 年 10 日

再写红旗糖厂

刘春潮

糖厂倒闭时
工人们也随即解散
只有这个老头
一直守在这里
院子里杂草丛生
有的甚至没过他的头顶
废弃的厂房
其实不需要人来看守
值点钱的设备早被转卖
老头被回忆驱使
把自己浓缩在
一个小小的空间里
烧火做饭睡觉
像那个家还在
像他总有一天
会等回因事故而丧生的女友
和那唤也唤不回的青春

2022 年 10 月

拾月

紫　荆

孔晓岩

"还如故园树，忽忆故园人"
暗香浮动，抚琴的人落下的
都是旧音符
四月的迷雾起伏
如我蓄满心事的胸脯

请许我称赞与歌咏隐秘的过往
洪水中的端坐者，熟悉又陌生
告知我天堂的模样
但我已忘记许多人
现又重新记起

素面朝天的枝头闪现众多面孔
我认出了紫色长裙的姐姐
携香而来，腰身依然光滑
我们用她三月的芬芳
拥抱了一次又一次

原载《特区文学·诗》2022 年 10 月上半月刊

5G 移动技术

张笑春

此刻，无数神话冲击着现实
更多的蜂窝从你的眼球中变幻出奇迹

一部高画质（HD）影片顷刻扑面而来
物联网、车联网和自动驾驶时代的喇叭不断倾吐热肠
远程外科手术成功切除了一只实验动物的小心肝
虹桥火车站被深度覆盖的绿叶抽象化了
图书阅读犹如清新的风掠过田野……

而什么是高数据速率，
什么就是你期望减少延迟的关切
至于节能降耗，提高系统容量
和大规模设备连接，它自有统筹
这年头，除了生命、亲情和尊严
还有什么是不能替换的
从频谱到高带宽光纤
从流量密度到超密集异构网络
一切将会自动切换、调整
一切将会优先丰盈你理想的大海子

现在，以你为中心，让无人机展现虚拟现实
它已避开可能的干扰，并未被质疑
一切将以你的名义荣耀生命之肋
一切将在欲望的丛林终结腐朽的钟声

原载《星星诗刊》2022 年第 10 期

拾月

变小的村庄

李尔莉

年轻人接二连三地走了
村庄到处安上锁
一家又一家
就像传染得闭门思过

路边的白杨树青春活力
村庄却一天天有气无力
连同一向爱咳嗽的夜
也变得无声无息

朝着门口靠近
我种的艾蒿还在，羞涩地向我招手
只是儿时的活泼不在了
随着凄凉刷新自己

村里只有几户人家
脸上的皱纹纷繁复杂
就像一条磨毛的草绳
在长长短短里斤斤计较

变小的村庄，少了几分活跃
只有那几口没牙的老井
还在努力地挣扎
泛出清凉的甜水
滋润我干渴的诗句

2022 年 10 月

红岩村大桥

徐 庶

一座桥路过红岩村，在嘉陵江边
十年乐水不思蜀
一条山城步道试图把他
往平顶山掳
幸好我来得及时
在半山崖一声吆喝
山峰受惊，步道中风
经脉再也伸不直了
他站成八字
这才在水中稳住阵脚
渝中和江北
两个区的担子让他一直挑着
不是区长可比区长累多了
江水趁机哼着小曲从胯下溜去很远

2022 年 10 月 29 日

拾
月

书架上的石头

五　噶

像一块神的骨头
我指的是从玉龙雪山下捡来的一块石头
它静静地躺在书架上
我一直认为无声才是它的语言
一个大雪纷纷的夜晚
它突然和雪说话了
惊奇中，我煮酒听它们聊了一宿
虽然听不懂它们在聊些什么

原载《边疆文学》2022 年第 10 期

五指山的雨

唐鸿南

因为雨的基因
这个热带雨林的
绿色覆盖率
没法说清楚，这里
何时可以下雨
何时可以不下雨
你可以
写关于它的诗
画关于它的脸
唱关于它的歌
但你无法准点确定
五指山的雨
何时突然而至
忽而抛出阳光
忽而亮出泪脸
就像你想说爱它
又不知道
如何对它
表达爱的隐喻一样

2022 年 10 月 1 日于通什

拾月

星辰照耀远去的人

勾 婧

在锡林郭勒草原
所有的草都向死而生
唯有您，随多伦湖水一去不返

在这里，您清点过所有的山脉
也写过关于草原的名篇
您说："谁最先离场
谁就少一次灵魂的救赎"

生也辽阔，死也辽阔
今夜，我站在多伦诺尔澄澈的夜空下
独自吟诵一首《草原跋》
牛羊谦卑，众草静默
星辰照耀远去的人

原载《解放军文艺》2022年第10期

一株稻穗的自白

郁　东

我姓米，大米的米
我有米脂的洁白
有绿水青山的袍子
我站在广阔的田野上
给伟大祖国的人民
自贡一次
十月的富顺
馨香溢满人间
每一粒水稻
都是消灭饥饿的子弹
我在有机中再生
我在绿色中永恒
天下粮仓
是咱中国人的粮仓
人民的喜悦
在大地上金光灿烂
千家万户的门窗上
挂满沉甸甸的希望

原载《诗歌地理》2022 年第 10 期

拾月

用脚丈量脚下的土地

李仁波

在柔软的心里
始终敬畏
这星球的每一寸土地

儿时光脚丫踩过的泥
挤出那晶莹的米
盼着有朝一日
不再面朝黄土

如今已远离那土与泥
天与云都触手可及
而多少个夜深人静的夜里
在梦中一遍又一遍吻着大地

明明是为了逃离
却又朝夕惦记
只有脚丈量过的土地
才在心中变得清晰美丽

2022 年 10 月 3 日

写 梦

王 忆

用散文语言写梦
似乎能写出好几个梦
可以写睡眠需要的梦
可以写失恋后的梦
也可以写孤独终老的梦

但如果只用诗来写
一个不能实现的梦
那便就不写了
反正诗本就是
最像梦的梦

2022 年 10 月

拾
月

锻　打

卢　彦

那抡起的千钧一发
重重地砸向时光的胸膛
火花四溅惊雷炸响
没有痛和呻吟
只有硬碰硬的对决
只有涅槃瞬间的激昂
锻打是亚当创世的魔盒
滋生着英雄的剑、女人的项链
永恒的决断、镣铐的无情……
空间创造了留白
铸就了人间的碑铭旷世沧桑英勇
铁是硬的
打铁的汉子更硬
淬火的刹那水雾腾空
桐色阳刚的棱角显露无疑
一切的一切
只为了百炼成钢

2022 年 10 月

河水谣

赵春秀

茶坊河没留下人等人一说
草野对这件事可问，可不问
恰如，河水清冽时
我没能抵达。摩天岭
面对人间，献出矿藏、药材、野花
绵延巍峨的博大
冬日，茶坊河停止呜咽
冰面开始脆弱
继而锁住自身。天地，辽阔
白云和羊群在此逗留，马兰草
迎着风，用枯立表明对寒冷的蔑视
你看，河水不等人
我也不必，坐在岸边等河水了

2022 年 10 月

拾月

高原的风

蔡新华

高原十月的风
是爱人轻柔的手指
抚摸我脸庞时的温存
由外及里　安慰我躁动的灵魂

苍山是爱人的胴体
浑身散发着诱人的神秘
高低起伏处
光与影勾勒出妙不可言的韵律

洱海是爱人澄澈的心
在我火一般热忱的阳光下
折射出静如幽谷的碧绿
轻漾着柔波似的深情

哦，高原十月的风
是爱人痴恋的热吻
好比青稞酿就的原浆
让我从此一醉不醒……

2022 年 10 月 6 日

路　标

野　松

万古通行的道寻找路的兄长
谁的至爱在时光中走失
天之尽头草木森森
路已曲折成理，坎坷成气

雁过留声，人过非要留痕
对危险的提醒，对走向的提示
都不如，让灵魂隐入烟尘

我亦为路标，无形无迹
只于神一样的你的面前，挺立

2022 年 10 月 4 日

拾
月

窗前故事

上官文露

棕灰色厚呢窗帘下透出的阳光
犹如黑夜里照射在屋瓦上的月光一般
晶莹梦幻轻盈
尤其是一场秋雨过后的下午
半睡半醒之间
半世纪前的往事
会和雨霁后的微凉连成一片
会和眼前的楼宇的尖顶连成一片
于是会爱上泥土中潮湿的飞短流长
那是我血液中的故事
连着你和我

2022 年 10 月

莲

林　琳

晨曦里，你亭亭玉立
清凉的露水沿着叶的边缘晶莹
玲珑的眼神明亮
透着一个温顺处子的娴静

与水相守，伴着时光的清浅
水样的鲜嫩闪着光芒
天工雕琢你的灵秀
红妆潋滟了十里碧塘

根深深扎进泥水里
任红尘万丈而纤尘不染
坚贞承诺理想
抽出一茎纯洁之芯

绽放的时刻
沁香弥漫，温馨直抵尘世
梵音缭绕
超然的情怀在天地间流长

原载《澳门晚报》2022 年 10 月 14 日

拾
月

空山观瀑

张　烨

水声雷鸣，而渊默，而雪飞
鸟声不绝，如花腔女高音
凝神屏息，似有另外一种声音
红尘未曾有过的声音
声音的镜子照我内心，隐见粒粒尘垢
一朵云轻轻拂拭
声音的笔被我抓住，想写
脑中却一片空白
佛说，别动
自然动，心却不动
一切无碍，处于一切境界之上
视听，随自然变幻
也在意识之中

原载《诗潮》2022 年 11 月号

烂尾楼四周生机盎然

高　凯

几只勤劳的奶羊
俨然成了一块土地的主人

烂尾楼四周生机盎然
几只奶羊在不停地埋头加工着鲜奶
奶羊们自己没有奶一只羊羔
奶的都是市民的孩子

几只奶羊看上去心满意足
反刍也津津有味

土地不长庄稼
当然就要恢复原生态
未开垦的土地本来就是这样的
杂草凶猛生机勃勃

奶羊们给自己占领了很大一片草地
而烂尾楼就是它们的哨楼

每只奶羊身上鼓鼓囊囊的两袋子鲜奶
都是它们每天饿着肚子加工的
原料就是芬芳的野草
和野草的芬芳

肖夹克

张映姝

一路向北，和田河
一路向南，阿克苏河
一路向东，叶尔羌河

每一朵雪花的轻盈，裹挟千里奔袭的沉重
每一块冰川的钢蓝，冰凉万亩沙海的狂躁
唯一的方向——向东，向东

肖夹克，三江汇流之地
所有的水，获得一个崭新的名字——塔里木
恰如你的词，丢失在母语的汪洋
而你的命，奔腾在泥沙俱下的汪洋

站在你的心跳之上，蓝天之下
我们看不清，掠过水面的鸟儿
从浑浊的河水叼起什么
起伏的芦苇，它的根
是否快被流水的力量拔起

浩大的水，这场景
多像一个字——人
多像一个词——人民
多像一个满面风尘的——英雄

2022 年 11 年

粉碎的词语

欧阳白

我想让所有的词
所有的句子和段落
和文章
和书籍，乃至典籍里的字
都粉碎掉
我想让不被描述的情愫
从这些碎片的缝隙里
爬出来

2022 年 11 月 24 日

拾壹月

传　奇

南　鸥

他被闪电，无辜地抽打
却独自坐在幽深的伤口，昼夜打捞
隔世的青春；他被海浪吞噬
却用舌尖在海底提炼火焰
他被阳光埋葬，又在黑暗之中
用清白的手指开采阳光
他活成了废墟，背影站成了地平线
他又在天空挥手写下
人间的传奇

2022 年 11 月

回乡偶书

陈巨飞

飞机缓慢移动，留下长长的
破折号——往下
是高压电线杆，竖起巨大的
感叹号！再往下
是雨后的庄稼。旁边，小路松软
上面写满特殊符号
如果是春天，里面会有
蝌蚪居住，一到夜晚
蝌蚪就会长脚，跳进丰盈的池塘
但现在是盛夏，玉米正值
青春期。它因悸动而满腹心事
因冥想而产生胡须
我们的汽车跟在三头牛后面
慢慢地行驶，像一头铁的牛
最前面的是牛犊，它的蹄印最小
像弯弯的月牙，又像有待生成的犄角
牵牛的人挽着裤脚
因为试探过银河的深浅
对涨满的小河，他有着充分的自信

原载《胶东文学》2022 年 11 期

不单是某个人的影子

布木布泰

向着大地飞翔，向着故乡飞奔
像奔赴战场的勇士，骁勇而决绝
哪有什么誓言，不过是身不由己
哪有什么回旋的余地，不过是和悲壮的自己告别
在深秋，每一片叶子都已经学会了奋不顾身
在空旷的天地间跳最后一支舞
也贴紧我的身体，我的体温和呼吸同时追随它们，去更远的地方
阳光，在落叶的吊床上布满了陷阱
匍匐在地的，只有影子
努力向前移动的，只有影子
听得懂风的言说的，只有影子
然后，还有我的叹息振动叶子的脉络
就像它的脑神经奇迹般地，指引我
慢慢苏醒
原来落叶，不单是某个人的影子

原载《诗赏读》2022 年 11 月 4 日

达古冰山上空一只鹰在飞翔

李　斌

天蓝得多一朵云都是杂质
冰雪白得有一个人都是垃圾
一只鹰伸直了翅膀
在蓝天与冰山之间停顿
其时，它在飞翔
它的孤独是静止的

2022 年 11 月 15 日

拾壹月

发生甜蜜的事情

谢小灵

在山林踏着厚厚的水杉走
心无旁骛，一直往深处
沿着山坡种植大片流动的光
光影汹涌的长势
山路挂在山间
山路向着一道倒挂的河流走了过去
树林放下它们的手：蔓藤叶子
借此谈论枯与荣华
全部的肉身与轻盈绵密的灵魂
白雪录制了干净的念头
明亮又静谧
远处列车在追拍麦田青山
随即又抛弃这些图景
熟悉每一个毛孔
露珠离开草地
果实们在山谷的最低处发出异彩
假如曾经爱过，可以如同没有发生

2022 年 11 月

暮秋，一把镀金的剑

舒　漫

很亮的宁静，淡泊的天
秋的冷艳，静止不动，飞白不动
今天的黄昏，哪来的重彩
无穷尽
秋起的日子从风开始
高过脸，高过我的灵魂
不要试图从冷色中，找回
自己的痛
我们总爱记错时间，每一次秋
未死亡，冬醒了
当生存的光辉从秋的
短臂高举时，整个秋枯成了
一杯"拿铁"总是意犹未尽
我想把昨日的秋色连同
宋画的精致，寄给你，或酿成
深红的茶，再淡成月的蓝光
万物是你，我不愿独步归去
他们看不见一首诗里的伤口
痛，不要问，我的伤口
用脚下声响的落叶，我想托
小李杜樊南生之梦，等寒夜归来
茶当酒，愿时光飞出
远远地斜抹着，我与你相对的肩

2022 年 11 月 21 日

拾壹月

他被排斥到了诗歌的边缘

曹 奇

他曾一度进入到诗歌的内心
一朵花，一缕阳光
他也能被词语绊倒
他平静的身体响起一个颤音
幸福踩着他的脚后跟

有一天，诗歌找到他说："我不爱你了"
我无法拒绝悲情
灾害，贫穷，失踪的男孩
织就它伟岸的身躯
它的灵魂是一支寒冬的黄昏的哀歌
——他被排斥到了诗歌的边缘

2022 年 11 月

我们仍如麦芒

张耀月

羊群聚集，像散去又归来的孩子
父亲领着我们，沿着春天的麦地
将一年采集的孤篇铺展于短暂的聚会
易碎的清风和列队的白鸽
从我们的屋顶上报一两声平安
我们有时像长剑，有时像排箫
挥舞多年后，又自我否定剑法
合奏鸣曲从未离开故乡的胸脯
有时又像窸窣遍地的行李
从今若许，只愿跟随可缝补的亲人
我的麦地早就没有了羊群
流散的兄弟姐妹，将颠簸赶回淮河
彼此达成了共识，不再误读春风
也不会为身体里的旷远抱怨
我们脸上的煤灰又重新燃起火焰
父亲重新放起羊群，我们混于其中
他将我们赶入春风浩荡的麦地
我们啃食野燕麦、稗草、荠菜和看麦娘
再过不久，浑身便长出麦芒
如一根一根银针，针灸父亲的隐疾

原载《延河》2022 年第 11 期

拾壹月

写给今天

舒 喆

我们来写诗吧
为平凡的人生说几句公道话
我们苟活于世
不知前因后果
我们在世间跋涉
身体由时间摆布
我们生而有知却被无知所困
我们纯洁无邪却因真爱受伤

自由的精神提携着自己
来做一个飞步跟上自己的人吧
把诗句的珍宝镶嵌在曲折的命运中
把创造的原动力
归功于一切遇见
错都是对本身
烦恼中止时的恐惧
才是我们要针砭的时弊

2022 年 11 月 23 日

落叶集

路军锋

我隐忍于闹市的栅栏
将灵魂揉入尘埃
我用铁铧写下的诗行
是我注入躯壳的再生

行走于天地之间
深知自己是大山的子孙
青松翠柏是我的娘舅
蹦哒的小鹿是我的至友

我常常贴近土壤
土壤就是我的父母
庄稼是我生命的骨骼
流淌的小溪有我的血脉

有时我与尘埃亲近
因为我也是其中的一粒
我穿行于世界
就像小鸟从我身旁掠过

2022 年 11 月

拾壹月

339

好像什么都未曾发生

王桂林

阵风吹过水面
波纹皱起又次第展开

太阳昨天升起再落下
太阳今天升起，也再落下

你曾经爱过我
现在已经不爱

我来到这个世界，然后
我离开这个世界……

2022 年 11 月

大兴岛

布日古德

挠力河甩过
一个又一个弯的时候
就想到了祖国东北角儿
有一个辽阔的开阔地带
那就是挠力河喜欢的小岗地
——六师，五十七团，大兴

大兴是老军人安营扎寨的大兴
是知识青年奉献青春的大兴
是垦二代，是现代大学生施现梦想的大兴

站在七星河，挠力河畔
这一片叫"老河南"的万亩大地号
蓝天下，万亩稻田蟹，十万亩无公害水稻
早已经有了哈尔滨、北京、天津
上海、重庆、广州、沈阳餐桌上的订单

过去一片泥泞锁住了大兴
即便是场部一直还有泥草房的身影
如今，你来吧，森林公园，荷花泡儿
场部的别墅群，大马力机车博物馆
欢天喜地的幼儿园，都是大兴岛上
大兴人一步步走向现代化的见证

大兴不再面黄肌瘦，穷困潦倒
如今的大兴早已经坐上复兴号
与五十六个民族在一带一路上
携手并肩地砥砺前行

原载 2022 年《诗刊》11 月上半月刊

等待春天

王俩合

世间，没有一个冬天如此地忠贞不渝
每个人都在等待同一个季节
每年有二百四十多天干同一件事
春天的来临，足足还有十万八千里

每个生灵都蠢蠢欲动
藏羚羊、野牦牛、棕头鸥、红柳、格桑花
卓玛家的羊群更按捺不住
羊羔坠地的那一刻，足以温暖整个冈底斯山脉
大地绝情起来，连雪花也会落的粉身碎骨

原载《北京文学》2022 年 11 期

孤岛歌

杨国兰

每个人都是一座孤岛
里面有无数的风景
美丽或孤独
孤独中站着一座城堡
我们无法走进任何一座

阳光、空气和海洋
把一座座孤岛连接起来
我日复一日静坐其中
一首小诗，如一叶小舟
带我驶向远方——
一座未曾登上的孤岛

2022 年 11 月 20 日

拾壹月

岷　江

马道子

雪山无语，云彩盛开
桑吉寻绿草，用石头捶打湛蓝
岷江斑斓，高度与坡度
如同心里的落差自然。我听见的声音
水的声音，动植物的声音
以及神的声音。我收藏到的岷江全景

一路上，我跟着岷江水
岷江水跟着我，来到都江堰宝瓶口
才发觉，冲刷的力量
飞溅的浪花，好像我身后
跟着的一个个人

原载《草堂》2022 年 11 月号

起 飞

一 梅

夜晚
我从飞机上往下看
刚刚起飞的城市
像一个巨大的鞋底

我脱掉鞋底
躲在云层里
双脚
也感觉空荡

2021 年 11 月 27 日

拾壹月

一条河流的快乐

孔占伟

就想描述这一段河流，仅仅是一段
从源头至入海口，我只抒写上游的风雅

迂回，让我们学会了转换思维
九曲十八湾里的秉性波涛滚滚

以前，我们爱你的桀骜不驯
现在，我们爱你的循规蹈矩

力不从心地接受，也是爱
开天辟地的继承，依然爱

如今，天鹅似乎长在了河中央
那些清澈见底的流淌，美好的渴望

河流的方向，自始至终流向美丽
遥望远去的亲切，那是难以割舍的澎湃

日子宁静，庄稼的气息波澜起伏
阳光的恩典纷纷扬扬，一切都在茁壮

原载《青海湖》杂志 2022 年 11 期

2022 年 中国新诗排行榜

湖

文 博

清晨，太阳一上山
就与湖水无数的涟漪相遇
湖面，洒满了跳动的金子

暮色低沉　二只白鹭戏水欢酣
它们对酌黄昏，并彼此凝视
月亮和星星轻轻游弋湖水
亲爱的，置身于这深沉而神秘的傍晚
我们应该坐在湖畔饮酒，写诗
或者纵身一跃，跳入湖中
将灵魂往深远摆渡
我不能慢待这大好的辰光

整个旅途　我都在寻找南山的野菊
寻觅一首关于湖光和山色的诗
把我步步引向深入　跌进寂寞的秘境
起身的瞬间，我忽地听到
鱼儿惬意的阵阵鼾声自湖底升起

原载《农民日报》2022 年 11 月 12 日

一个人从黄昏回来

杨北城

一匹马往黄昏深处走
通体乌黑，几乎延迟了黑夜
空出来的，多于天边的云霞
入晚的风吹得人慵懒
暗红飘忽的炉火复燃
这是我一直喜欢的生活
与黑夜无争，保持善意
等待更深的黑降临

我看见那匹马，在一片红树林前停下
余晖照拂着它金色的鬃毛
花草的种子嵌入四蹄
它回头看了一眼不远处的马厩
向黄昏深处打了个响鼻
屋檐下挂着的马灯被黑暗拨亮了几许

一个人从黄昏回来
身披金色斗篷
马儿自顾牵着你走进了暮霭
哒哒的蹄声里，你还来不及老去

2022 年 11 月 7 日

余　烬

朱美珍

星子沉下去
湖水漫上来
窗户上却布满　风

不眠之夜
圆月的记忆
有了裂纹

谁会抹去
一点黑夜的零头
使黎明重温
剩下的梦

2022 年 11 月 24 日

拾壹月

落　鲸

刘　剑

声纳穿过风平浪静的海面
那是落鲸的鸣声
整个大海空空荡荡
仿佛所有的生命瞬间变得枯萎

这鸣声像海面上的一阵骤雨般急促
当落入海底的一瞬，一切都将静止
一切都将重新开始
海鸟纷纷坠落，将海面凿出一个个窟窿

乌云笼罩，万籁俱寂
整个大地躺进海洋的被窝
世界融入虚假的万物起源之说——
宇宙爆炸之说
大海无声无息

接下来的生命之光在遗弃的花盆里突然冒出尖来
绿茸茸的嫩芽构成一幅图景
一个时代的新生
代替着另一个时代的结束
代替着另一个生态系统

橱窗里的鲸鱼与大海里的鲸鱼联合起来
汇成一股潮流，正赶赴历史的漩涡
这时，谁失去生命，谁就会拥有一切

2022 年 11 月

我们什么都谈，就是不谈彼此的幸福

田　耘

我和我妈妈之间，两个女人的家常
无非是围绕柴米油盐、衣食住行
还有养生保健来回兜圈子

但我们从来没有谈及过彼此的幸福
我们不敢涉及自身生存状况的深水地带
因为我们知道，这个话匣子一旦开启
屋子里肯定会突然陷入一片可怕的死寂

和许多围城里的人一样
我们每天无味地嚼着我们的婚姻鸡肋
却因为巨大的惯性无法丢开它
我们总是告诉自己，接着嚼吧
我们漫长的一生终会过去

2022 年 11 月

拾壹月

路　口

李志华

车灯从对面打过来的时候
我的眼睛眯了一下
我看见那个拎着塑料袋的男人
正走出路边的建筑工地
急匆匆冲向大道
他的头微微仰着，很昂扬
车灯从对面打过来的时候
他摊开手掌在那一小片光明里照了照
仿佛需要清洗一下攥在手心里的疲惫
他走到路灯下又仔细地洗了一遍
突然绽开一个花儿似的笑
然后，他一直端着那个笑
大步消失在春风荡漾的路口

2022 年 11 月

天 色

梁 潮

一路上　边走边唱
也许有一天　和痛哭一起惨笑

当情思还依旧没完没了
为什么永远又要结束和告别

比如说拿空间当作时间　说到方向
东边是后面　一转身就变成前头

穿过密匝匝的林海小溪
跟着枝桠的影子一道　来来去去

大白天和黑夜都会反光　有明就有暗
投影到江湖的海面上

流云　随风飘散无疑
黑白的天空　下落不明

原载《名家名作》2022 年 11 月

拾壹月

竹　林

雪　鹰

那七个人住进来，最后
又一个个走了。自此
我看到的竹子，再也没有
嵇康昂起的头颅。他们
下端粗壮，身材修长

但高傲的头，往往顺着风向
倾垂。立在山间

我眺望许久，他们
还是所谓的竹子吗

2022 年 11 月

远

央　金

虹桥架在茫曲的天际
我头枕咆哮的达布江
从青草味的梦中，惊醒
赤脚走过彼岸

棕褐色的角百灵飞过旷野
我跟随迁徙的脚步
从忧伤的"俄尼"中逃离
草原，昨日我已走远

又一瓣莲花凋落
马蹄踏破草原的寂静
长风呜咽中梵音凌乱，已忘却
我还在遥远的远方流浪

注：俄尼，藏族卓仓部落送亲的哭嫁歌

2022 年 11 月于西宁

拾壹月

天门山

祝雪侠

天门山是诗神的眼睛
路过的人都会有诗的神韵
为什么张家界的美景如此绮丽
因为它得到非凡洗礼
吐纳出变化无穷的祥云
阳光从缝隙穿透
犹如金色的剑
雄伟壮观让人震撼
薄薄的云笼罩着
连绵不断的青山
诗意从大地缓缓升起

2022 年 11 月

远方来信了

语　泉

雪花漫天飞舞
似你来信里翻涌的韵脚

仿佛你站在雪地里
站成一大朵圣洁的雪

偶尔有鸟大胆飞过
扇起抑扬顿挫的句子

向着天空对着雪飘
眼里读出晶莹的泪花

2022 年 11 月

拾壹月

公祭日

祁 人

牢记这个日子
但不是记住仇恨
而是找回人类
迷失在这个世界的
爱

勿忘国耻
并非不忘耻辱
而是唤醒中国人
沉睡在身体里
那奋发图强的意志

2022 年 12 月

既遇新冠，愿与你分享药食同方

荒　林

1

兵临城下，既无可逃
备战：家，就是城堡

生姜、大枣、葱白葱须、鸡蛋、红糖或者蜂蜜
这些温暖的食物，就是武器
煮水，煮汤
大碗喝下
加强免疫力
退热、止咳
保暖温馨
右卧，或者俯卧
你睡眠，细胞在为你战斗

2

我们从敌人学到的是自我发现

在我们之外
天外有天
山外有山
微小者亦有洪荒之力
我们从未与没有眼睛的视力面对面

蝙蝠早于我们的祖先居于岩洞
昼伏夜行
高烧只为自体解毒

仰望夜空

亿万星辰奔走在各自的轨道
聆听身体
亿万细胞为你的宇宙奔忙

为避免相撞毁灭
万物需要永葆距离之光
这是她的、你的、我的，请勿越界

2022 年 12 月 11 日

一时感触

雁　西

光藏在云层之中，藏在
屋背山后的森林里
藏在海水的咆哮时，藏在寂静的独处
小屋
藏在我写过的所有情诗，为了等待
你的出现，可抵这刻
轻轻一吻
世界悄悄打开
一切都看清楚了，另一切也明白了
不冷不热，不增不减
恒的度量中，爱才是真永远

2022 年 12 月

拾贰月

拖拉机和土地

杨志学

拖拉机和土地联系在一起
和最深沉最博大的土地联系在一起
和黄土地黑土地联系在一起
和肥得流油的土地联系在一起
和农家的好日子联系在一起

不要以为汽车比拖拉机神气
你让汽车开进田野里
和拖拉机比一比
看谁底气足
看谁更可靠
看谁更有耐力

像汽车和公路联系在一起
像轮船和大海联系在一起
拖拉机和土地，紧紧联在一起

原载《牡丹》2022 年 12 期

菜　花

赵晓梦

高楼纠正了河道的弯曲。你能看到的
天空中，脚手架正在平复黎明心情
城市将仅有的春天交给河流两岸
白鹭站立的地方，堤岸让野草了无生趣
被旷野遗弃的菜花隐藏在乱石中
烧烤和冷饮的道路消失，蜜蜂注定不会
走出赶花人的蜂箱

三环之外是绕城，绕城之外是第二绕城
密集的桥墩示意风从城外走
天地无私，树林和飞鸟却从不在自身的
肉体上定位。这是菜花的私事
一切与道德无关的生命状态都能从水中
抽离，一条江水的规则就是把气味冲散
月光只是把花的颜色过滤

死亡一直都在。蜜蜂从不把自己当外人
因为落在你们身上就没有肝脏会喊痛
因为果实已经长满铁树。所谓花季
就是花的生命没有高低贵贱之分
河流记住了光，荒滩记住了影
菜花还在还乡的路上，即使白日将尽
春天也不会说出泥土的隐私。有时候
眼泪就能问到花朵本质

原载《作家》2022 年第 12 期，总第 646 期

363

搬运工

孙大顺

他的一生，有过一次可笑的爱情
早些年，他用栗子树做的大板车
拉着整个西门的重：上山下乡
却拉不动，一个老姑娘的一只跛脚

他的背，驼得像狮子山的北峰
不用弯腰，就轻而易举地捡起
掉在地上的日子：汗珠、月光
一分硬币。同情因为半截油条

洋相百出的蚂蚁。自一个垃圾儿
到国企搬运工，一个心满意足
退了休的城市酋长。北郊以北
一个山村，贫困的外甥女一家

是他长年累月的痛。那架没有厂址的
大板车，无数次驮去救命的粮款
斗大的字不识，他是生活的老爷
自由，散漫。爱看赵本山的小品

每天，他被劣质烟酒管得服服帖帖
在密不透风的日子里
一个孤单的老人，贫困的智者
平静，安详。与世无争

2022 年 12 月

象声词

大 卫

制造声音的，除了猫
就是天使，在闪电与河流之间
有人用哗哗哗
有人用唰唰唰
最不济的，也用月亮的薄嘴唇
说汩汩汩

对我个人而言，还是喜欢
用潺潺来形容雨声
只有你，不是一棵树
也不是一朵花，更不是澄黄麦田上的
湛蓝色天空
颜料快被用尽了
你比真理还坚定，比孤独
还难以形容
在成为一粒种子之前
你是不能有自己表情的
我把石头搬开
只为让你感觉到
大地没有移动
只是马蹄咯噔了一声

原载《草原》2022 年 12 月号

拾贰月

距　离

齐冬平

距离很近　咫尺
高炉群齐声合唱
就在身边　就在眼前

风声　四季里悠扬地欢唱
一块块来自异国的矿石
在风的吹送下
高炉体内欢歌

一片天
湛蓝延续着
一艘船
蔚蓝延续着

心总是不由自主地丈量着
自己与宝钢的距离

2022 年 12 月

东巴之冬

兰　心

你从古老的东巴经书中走来
善飞的阿蒗吉鸟
停在绿树的梢头
朝上面抖三次身
飘落三根洁白的羽毛
白羽毛变成了白雪
白雪是冬天的使者
云雀领来了北风
鹊鸰鸟领来了满地的露水
白鹤领来了漫天的白雪
勤劳的人有鞋穿
懒惰的人光脚走
这个冬天
不是迁徙回家的时节
待阳春三月可否

原载 2022 年 12 月中国作家网

拾贰月

冬 至

梁雪波

仿效消寒会，人们喝热酒
围着火炉，感叹流年似水
把掏心窝子的话反复烘烤
北方水饺，南方汤圆
雾气中浮动着朴素久违的面容

而夜色如断魂的黑衣人
路边或屋后，火焰跳动
纸灰借着默念旋转、上升
冬青树蜷缩的叶片
压低一个个灼痛的灵魂

大雪纷飞，天地苍茫
无人机传来的北国影像
艰以辨认，像记忆中
一座暗淡的旧天堂
在锋利的碎屑中变得幽冷

感受饱含沉哀的叹息
日子变短，歌声渐凉
风将疯子的呓语吹成了谜
新雪尚在奔赴的途中
大地的肺充满苦楚

2022 年 12 月

坚 持

黄劲松

在雪花还没有出现，雷暴还未酝酿的时候
请你坚持，请你说出最后的阳光

在你还未倒下，人们都在祈祷的时候
请你坚持，请你观赏阳台上的一株植物

在歌唱还可以继续，人类的问候还在进行的时候
请你坚持，请高举自己的幸福

在火焰呼唤闪电，美妙走向庄严的时候
请你坚持，请你擦亮所有的骨头

2022 年 12 月 23 日

拾贰月

腊州村

康　城

一只海龟在陆地迷失
一朵浪花
收回了波浪

如果调整视线
祥麟塔指明大海的方向
你会看到海鸥在不远处飞翔

有固定形状的海水是虾池
需要机器翻动
增加空气的含量

没有机器可以翻动大海

在腊州村，大海被切割了一小块
但蓝天完整无缺

原载《北京文学》2022 年第 12 期

你无法了解一只水鸟的空旷

何佳霖

它练就的本事比如每天的振翅，腾空，下水测试季节的温度
这不亚于世上的人感知酸甜苦辣的能力
它丈量群山，熟悉林中的每一种路径
它看惯了老虎被几只蝴蝶嬉戏的春天与暧昧关系
它知道布谷鸟的声音
和纷飞的花最终会去哪里
而你无法了解一只水鸟的空旷
与来此一遭的前因后果。

2022 年 12 月

拾贰月

铁路港

彭志强

江里的鱼，纷纷翻身上岸
是因青白江两岸有了新绿

不是草，也不是树，而是铁轨绿了
比绿皮火车更绿的快铁：蓉欧快铁

这绿，比草原辽阔，比森林壮观
欧亚大陆的所有心事，都能运来

李白当年仗剑出川逢人就喊：难
重叠在《蜀道难》里的这个难字

出现了多少次，汗就会冒多少次
在成都国际铁路港，不止是春风

什么色调的风
都在来回穿梭

像是浓墨，与夜色较劲
又似新笔，被黎明提起

原载《诗歌月刊》2022 年 12 期

苦瓜引

大　可

从春到秋
每天的力气，都花在卷须上
攀爬雨露均沾的梦
不到一人高的架子，足够
分枝散叶，也足够躺平

非洲果蝇是招蜂引蝶的后遗症
穿刺皮肉产卵
掏心掏肺吃软饭
瓜儿命悬一线，纠结得
满脸菜色，哪有
几个修成正果

农夫等待
霜降，等待收获
附的藤　悬的瓜　埋的根……
从头到脚，内心的苦
统统售卖
供城里人切片做药饮
主治富贵病

原载 2022 年 9 月 15 日《江西日报》

拾贰月

月下品茗

涂映雪

在明月升起之前　放下
放下满天的晚霞
放下一江的波涛
放下一个森林的翠绿
夏天在蝉鸣里静谧

这时　月光的霜色铺满了
整个心境
风也有了冰的颜色
指缝间　经年流过

凝视一杯被沸水泡过的茶
琥珀色的茶汤积淀着时光颜色
清甘过后　一丝苦涩揉进岩韵
是阳光洒在石头上青苔的味道
是岁月无法抹去的芳馥

左手执杯　右手放下
品着一杯往事
品着一泓空旷

独坐于万籁之中
你便拥有了广袤的宇宙

原载《福建文学》2022 年 12 月刊

2022 年　中国新诗排行榜

在昌邑王城遗址

洪老墨

鄱阳湖，拉长了两千多年的距离
也拉近了我们的视线
泥泞的田埂，蹒跚了远道而来的步履
站在冬阳下凝视
不规整的田块，几乎掩盖了它的身世
几块残砖，几片破瓦
似乎在昭示着当年王者的荣耀

宫廷的争斗，早已湮没在岁月中
今天，我们在昌邑王城遗址
听到了历史的心跳
也听到了阳光穿透泥土后的地下哭泣

曾经，这个见证了鄱阳湖文明的国都
不知在何时逐渐地消失了
穿过遗址，期待发现它的失踪之谜
因为再神秘，总会有揭晓的那天
也总会有复原的新颜

2022 年 12 月

拾贰月

在街头烧纸

刘西英

虽然经过多年打拼
我已离开农村
挤进城市
但是我知道
我的根在乡下
我的至亲和至爱
都埋在家乡的泥土里

该用什么样的词汇
来描述城市的荒凉
这个只疯长楼房的地方
其实是最荒芜的土地
它可以让肉体暂居
却无法让灵魂安息

偌大的城市
注定是无数出门人
途经的驿站
除了在这里走失的
最终，他们都将叶落归根
回到故乡和亲人的怀抱里

2022 年 12 月

闪 念

凌晓晨

看见明亮闪光的东西，我心生欢喜
譬如闪电，总在雷鸣之前
告诉我乌云的碰撞，具有撼动魂魄的炸响
长剑出鞘，刃面上的寒光冰霜一样
让你的眼睛瞬间收回从前
曾经的哀伤，激发英雄胸间的悲壮
远处的灯光，或者一团篝火
会立即把温暖传递到你身旁，情怀
会让你的内心，重新点燃希望
即使有无边的黑暗笼罩，我也知道
你直视我的眼睛，始终迸发出灵魂的光芒
让我燃烧，让我在自觉的行程中把握方向

2022 年 12 月

拾贰月

白　术

陈　颉

我仔细辨认
一株踽踽前行的白术
新鲜的，紫红色花蕊
退回到生涩的角落
依然保持淡定

学会化妆，应该从叶片开始
茎干带刺的边缘
有足够的时间
向阳光表达气味、表情和形状

清晨，雾气腾腾的天平山
隐身草丛的白术
一颗带刺的果实
幽灵般出现在眼前
青春的模样
一滴露珠在细细打量

深埋在我心中的那株白术
一颗向善的心
总是在岳父的手掌中，开花结果
经验或技巧，仁慈深处
始终没有挣脱一棵草的牢笼

原载《诗选刊》2022 年第 11—12 期

大　楼

张少青

这个冬天
雪将临未临
暴雨也没能如期而至

办公桌很舒适
它在第五层的大楼
大楼在县府的背后

在阴影里翻看每个工作日
有夕阳的黄昏　想起
浪漫的诗　和引人遐思的远方
喧嚣尘世　淹没在
鸦雀无声的电梯
楼道里脚步匆匆
大楼面无表情

2022 年 12 月

拾贰月

冬日的树枝

王爱红

仰望的高度，在一棵树上
冬日的树枝，凝结着整个冬日的嗥叫

悠荡，飘扬
一片枯干的叶子
万道璀璨的霞光

当北风送来云朵
和它的预言
冬日的树枝
开满了洁白的花

春天的绿荫也许会溶化
但冬日的树枝谁能攀折

原载 2022 年 12 月 7 日中国诗歌网

2022 年

中国新诗排行榜

淇　水

北　琪

一条河流，长于历史
一部《诗经》，高于庙宇
一朵樱花，不能在诗经的页面上
统领文字的布局
一朵樱花，不能苟且于木本的命运
重复着春去秋来

淇河，绝不甘心让自己
流淌成一条直线
千折百回中承载岁月
樱花簌簌，试图从翻开的篇章内部
落下来

樱花，从此爱上这条河
芳心所系
这河水清澈，波上风声浩荡
白鹤掠水，谁说那不够惊鸿一瞥
浪花叠起
谁说河流生不出翅膀
飞向远方

原载《草原》2022 年第 12 期

拾贰月

斯　人

——致昌耀

寒　冰

借用你一首诗的标题
写一首纪念你的诗

士兵、战争、伤病、热血青年
厄运、哈拉库图、雪山、荒原
诗歌、疾患，这些关键词
构成你独特而悲怆的人生
其实，所有的不幸和欢乐
终将归于天空和大地
包括你那些羞涩痛苦的爱情

高原广阔，诗意苍茫
你带着江河源头的水滴
终究还是回到了南方的故乡
回到了你念兹在兹的母亲身边
从此，你不必再
"一人无语独坐"

2022 年 12 月

一条河的因果

臧思佳

这定是唐诗宋词里流出的
半阕河水
否则，怎会柔软了夕阳
让一苇竹竿落笔河面，便能
把时间撑往两岸
让记忆的脊背
一寸一寸地长出春天
绘出晾晒在彼岸的
被晚风包裹成花束的心思
和，有水总会温润的呼吸

原载《大觉山》杂志 2022 年 12 月号

拾贰月

家乡的风寒

林江合

在垂直的道路上
我们超速
秋叶在月球版图上的
几片影子，打着热腾腾的响鼻
把道路垂直，从土壤
伸进天堂

不必惊扰丰腴的天使
时间只是
他其中一个蓝色的维度
我们早已患上了
家乡的风寒
一种忧郁的
卑怯的
代表雨雪天气的疾病

世界在呼吸的轨道上超速
我们预谋在神灵显现的旷野
把海浪燃尽

2022 年 12 月

2022 年
中国新诗排行榜

心有阳光

徐　明

我该怎样表达
对一束阳光的景仰
冬日阴雨缠绵
世界在湿冷中封闭
阳光透出天清地朗
鸟儿飞过
歌声都少了住日压抑
山河　大地　天空
此刻是最好的舞台
白云　霞光　雾霭
变幻着登场
展示酝酿已久的新作
不仅如此
心有阳光　无问风雨
目光所及
风景别样灵动

2022 年 12 月

我想说的那个冬天

刘东生

父亲还不是太老
背有些微驼
手上青筋凸现
不忙的时候
戴上有些年份的老花镜
黑框粗腿
和我说起《三国演义》中的段子
不是桃园结义兄弟情
也不是关公刮骨疗伤
更不是张飞的丈八蛇矛枪
横立长坂坡
常山赵子龙让刘备摔了阿斗
父亲每讲到关键处
就说口干去烧水泡茶
二十年之后
我还想说那个冬天
阳光照在父亲的白胡子上
身边的诸多事物散发光芒

2022 年 12 月

又进瑶山

曾新友

梦是自己的行囊
草丛的稳私长成嫩绿的光鲜
修成正果的稻谷
大片大片退出金秋
原野重新肃穆与空旷
安静的公共场合
关闭凝视的灯光
晨光的神采让晚霞的憔悴变脸
每一缕零碎的风
轻抚王维空着的山
每一帘散落的水
浇灌山中青翠的时间
不同的雅色在不同的季节交替上岗
瑶山的温度用厚薄穿在身上

原载《北方文学》2022 年第 12 期

拾贰月

爱　情

程晓琴

爱情留下了她最深刻的记忆
落在我的文字里
变成清晨的雨
下在了我的四季
有春秋也有冬夏
有哀愁也有美丽

2022 年 12 月

冬至表白

林志山

冬至，慢悠悠地从泥土中惊醒

风雨蹒跚着从天而逃，
这是黎明，夜色尚未撤退
沉默是几万年的地火
皮肤在风霜雨雪中已开始温柔
我抖动着满身的翠叶如剑似针

飘过来的天空晴空万里
风吹拂的是克莱德曼的钢琴声
冬至，我要剥开你的外装
和我一块赤裸裸地站在一起
哪怕脚下的小溪无穷地为你唱着伊甸园里的颂词

2022 年 12 月

拾贰月

乡愁是一首不老的诗

陈果儿

故乡的河流日渐清瘦。两岸收紧
替它说话的流水
隐藏着漩涡。燕子，去了
又归。衔着春风，翅膀下的闪电
击中故乡的屋檐。岁月的刀斧
没有砍倒房顶上的炊烟
一棵苦楝树陷进深深的回忆里……
童年的小鹅花沿着牛蹄印
可以找到失传的星空图

西边的山坡，又添两座新坟
旁边的落叶如潮水般退去——
落日是送走的乡亲
当暮霭慢慢升起，托起群星
当泉水和山谷开始收集鸟鸣
村庄越来越老，乡愁
越来越清晰——多像离去的父亲
隐入群山之中
隔着时空，叫着我的小名

原载《营口日报》2022 年 12 月 14 日

寄浮生

霜扣儿

没有比遗忘更理智的了
比如昨日归于旧梦，比如现在
即将流逝，比如山顶上的老树曾接近过天空

拉着记忆之藤不肯放手的人
我希望他撤回对时光的敌对之力
如同濒死者要咽下哭泣，落魄者不要以哂笑
提及光辉的往昔

短短一生不过浮冰入水
无所谓高冈，无所谓深渊——你跑得越远
越像一粒灰尘

要学会遗忘，在日渐衰老的村庄旁
学会做一缕隐入夕照的炊烟
咬着草根，怜悯一下心灵深处的忧伤与愤怒

而后就笑一笑吧，笑到心中所想纷纷凋零
你的名字将落在最低处
无人知道，你曾见识过远方的山川与河流

2022 年 12 月 26 日

拾贰月

守 望

杨丰源

我会站在门前张望
等候着你的归来
一桌饭菜就是一座家园
守望着你慢嚼细咽的幸福

点一盏橘色花灯
坐在老树下的你我
深情仰望着夜色
天空的星星睡去
月光轻轻洒进来
心里的种子已开始发芽

背影刻下一尊难以言喻的雕塑
眼睛寻找你出现的轨角
站在两个不同的地点
我们同时被风的呼吸触摸
摇曳中重叠融合

请风为我收信吧
允许尘埃不会因压满蜉蝣的一生
而悔恨

2022 年 12 月

把春天留在石墙上

邓醒群

房子或建于盛世。重修，也时逢盛世
世道的轮回，不是你呼我唤的事

天道有恒。毁了，重建。建了，再拆
生死之间，生生不息。门前的流水

涨退有序。池塘，荷花衰败有时
雕梁画栋，绝笔神工，寓意深刻

女儿墙与马头墙，各领风骚
倚墙，听风，读天。山外山
楼外楼。远去的燕子，空空的窝
把春天留在石墙上。一座老房子

曾经有多少生命从大门走出
就有多少灵魂荣归故里

原载《广州文艺》2022 年第 12 期

拾贰月

梦的解析

陆　地

十万个为什么正在这个梦中小跑
小人书一般的黄昏。翻阅两下就结束了
好看有什么用。和新时空的约会为什么
要在并行途中折回。梅再次扑簌簌落下来
梅的一部分粉泪

她要到优渥分店卖进口食物
泊来的缜密心思和逻辑也一起来了。给我
给我。把它作为最后一次会晤的礼物
她远远地落后于我。越追赶越距离
红气球大厅，节庆还没有散去
圣诞老人在帽子内部摇摆
摇摆是得意也是举旗不定

麻雀中奖了，麦田说全部的奖金由它的
黄金期承包。众鸟欢呼
众鸟自由组成会议，它们在听课了
我得找找我的羽绒背心。屋子挤满人
穿好衣服去赶新时空的约会
黑色双肩包不见。手机不见。甚至不见地面
我踩在空气一般疲弱的错误里

这真是一个令人捉急的时代
结局总是不了了之。唯一的希望是醒来
解决梦中所有问题

2022 年 12 月

麦 子

张建军

麦子是母亲的头发
水鸟是飘飞的浮萍
太阳在院子的窗前滑过
一排排麦垛和一根根树丫成了云朵

不知有多少个太阳
停留在麦地里
她是我的外婆或者是我的奶奶
麦垛，总是在夜里回到家
哪怕再晚。哪怕再累

炊烟是一把禾镰
它缠绕三更天的黎明
炊烟是一根草绳
它喂养黄昏里的牛犊

麦子在五月的火焰里举起饱满的额头
又一个芒种的季节已经到来

2022 年 12 月

红月亮

张 玲

挣脱地平线的羁绊
两颊微醺
把世俗的眼光，搁置一旁

不在乎清冷，任寂寞
横亘长空
看风吹过尘世的辽阔

一抬手，抓起
潮起潮落
一挥手，洒清晖一地
桂香十里，把酒醉花荫
着一袭红妆
穿过凄凄黑暗

2022 年 12 月

画面上的老院

甲 子

那条蜷伏的黑狗
酷似我懵懂的童年
白天，加入百犬吠声的队伍
乐此不彼地东奔西窜
日落了，依偎于庭院的臂弯
在纺线的嗡嗡声里酣然入眠

那棵负重的老树
多像我记忆中的外祖母
一辈子没离过那个三丈见方的农院
因为硕果累累，过早地弯下了腰
老了，不得不用一截棍子支撑着晚年

眼前呈现的是曾经的情景
如今，暮色仍准时降临
涂染着傍晚的小院
纺车还在，落寞于幽暗的隅隈
当年飞落的棉絮，被尘封
院墙内的故土，年年疯长着思念

2022 年 12 月

拾贰月

新年好

吴　涛

新年来了
请你调整好最好的心情
来迎接她
毕竟这不是谁的新年
这就是你的
不是别人强加的
睁开眼睛的一瞬
那阳光
和阳光下的一切
已不同于昨天
请你调整好最好的心情
丢掉昨天的所有的烦恼
微笑着
以无比自信憧憬自由
和幸福梦想的心情
对新年道一声
新年好！

2022 年 12 月 31 日

编　后　记

　　时间是有分量的。当本人主编的《中国新诗排行榜》连续出版十一年之后，该诗歌选本在海内外广大诗人与诗歌爱好者当中已经获得了极为广泛的认可与好评，其品牌诗歌选本的形象与地位可谓深入人心，不大容易被撼动了。这对编者而言，当然获得了一种非常值得珍惜的精神安慰。

　　在 2023 年年初本人着手编选《2022 年中国新诗排行榜》一书时，除向部分的海内外知名诗人约稿外，其他的诗稿是采取发布征稿启事的方式，从数量庞大的诗人投稿中遴选出来的。通过这种公开、公平、公正的征稿方式，以质取稿，从中遴选出审美风格多姿多彩的优秀诗歌文本，力争能够让更多的实力派诗人与诗坛新秀（或"诗坛新人"）在本人主编的《2022 年中国新诗排行榜》一书中"亮相"。由于这个年度性诗歌选本非常 "火爆"，"内部竞争"非常激烈，因而，那些名气不大但富有实力或可观潜力的诗人们能够成为《中国新诗排行榜》的入选者，机会确实难得。简言之，这本年度《中国新诗排行榜》推出的有才华、有实力的诗坛新锐与"诗坛新人"越多，作为主编的成就感也就越大。

　　在《2022 年中国新诗排行榜》一书的编选过程中，像以往一样，本人自觉坚持纯粹性、审美性、开放性、包容性、国际性五大编选原则，以此充分凸显其与众不同的编选特色，着力打造独属于自己标志性的诗歌品牌。这里还要再次强调一下：本人在遴选诗作时，特别青睐那些品质优良的精短诗篇，篇幅较长或很长的优秀诗作一般只得割爱，这当然缘于选本篇幅所限或者说篇幅宝贵的缘故。另一方面，也是由于本人一向认为绝大多数诗人是靠其优秀与杰出的短诗作品在文学史上立住脚的缘故。

　　在本书的编选过程中，许多诗人朋友给本人以热忱、切实有力的支持，这给了本人从事诗歌编选工作的巨大信心与精神鼓舞力量，在此谨向这些诗人朋友深表谢意！借此机会，还要特别向中国文史出版社表示由衷感谢，他们对本人的诗歌编选工作给予的充分信任与鼎力支持，使本人没有理由不将《2022年中国新诗排行榜》编成一部具有广泛美誉度的年度优秀新诗选本。

弟子陈琼、鱼小玄、唐梅、赵秦等，以及苗振康、冯佳艺、王美丹、牟宜政、吴硕、王濡扬、连欣欣、陈家仪、晏子懿等北师大学子在《2022年中国新诗排行榜》全部诗稿的录入及初步编排校对等方面予以积极协助，付出了不少劳动，在此一并致谢。

总之，《2022年中国新诗排行榜》中不少诗作关注人类的命运与前途，召唤人们穿越阴霾去寻觅与发现希望的曙光，充分彰显出诗歌本身的精神力量。

是为后记。

谭五昌
2023年5月15日深夜至次日凌晨
写于北师大珠海校区文华苑五号楼

图书在版编目（CIP）数据

2022 年中国新诗排行榜 / 谭五昌主编. -- 北京 ：
中国文史出版社，2023.6
ISBN 978-7-5205-4117-6

Ⅰ．①2… Ⅱ．①谭… Ⅲ．①诗集－中国－当代
Ⅳ．①I227

中国国家版本馆 CIP 数据核字(2023)第 097096 号

责任编辑：全秋生

出版发行：中国文史出版社
地　　址：北京市海淀区西八里庄路 69 号　　邮编：100142
电　　话：010－81136602　　81136603　　81136606 （发行部）
传　　真：010－81136655
印　　装：北京温林源印刷有限公司
经　　销：全国新华书店
开　　本：787 毫米×1092 毫米　　　1/16
印　　张：27.75
字　　数：400 千字
版　　次：2023 年 6 月北京第 1 版
印　　次：2023 年 6 月第 1 次印刷
定　　价：68.00 元